Pierre Bourgeade

Die Reise zu den Frauen

Roman

Aus dem Französischen
von Harald Riemann

Edition Galgenberg
Rasch und Röhring Verlag

Die Deutsche Bibliothek – CIP-Einheitsaufnahme

Bourgeade, Pierre:
Die Reise zu den Frauen / Pierre Bourgeade.
Aus dem Franz. von Harald Riemann. – Hamburg:
Rasch und Röhring, 1994
(Edition Galgenberg)
ISBN 3-89136-516-0

Großer Burstah 42, 20457 Hamburg, Fax 040/3713 89
Titel der Originalausgabe: La nature du roman
Aus dem Französischen von Harald Riemann
Redaktion: Susanne Wallbaum
Umschlaggestaltung: Peter Albers unter Verwendung eines Fotos von Pierre Bourgeade
Satzherstellung: KCS GmbH, Buchholz
Druck- und Bindearbeiten: Clausen & Bosse, Leck
Printed in Germany

Für Jérôme Lindon

Was sagt Tsin-Tsu?

Nur kleine Hunde
und Kinder verstehen,
in aller Genauigkeit
zu beobachten.

EZRA POUND

IM VERGANGENEN APRIL erhielt ich aus Stockholm folgenden Brief:

»Lieber Pierre,

kannst Du Dich noch an mich erinnern? Es ist beinahe zwanzig Jahre her, daß wir uns zuletzt gesehen haben. Vor ein paar Tagen war ich kurz in Paris und habe in einer Zeitung einen kleinen Artikel über eines Deiner Bücher gelesen. Daraufhin hatte ich große Lust, mich mit Dir zu treffen, aber ich hatte Deine Telefonnummer nicht mehr, und Dein Verleger, den ich anrief, gab mir den Rat, Dir über ihn zu schreiben, was ich nun gleich nach meiner Rückkehr tue. Ich bin inzwischen verheiratet und habe eine große Tochter von sechzehn Jahren, der ich, in Erinnerung an Frankreich, den Namen Marie gab. Ich vermute, Du unternimmst immer noch gern eine kleine Sommerreise ... Warum kommst Du nicht einfach für eine Woche hierher nach Schweden ...? Ich werde Dich am Flughafen abholen, und wir könnten dann ein paar Tage auf den Schären verbringen. Ich schicke Dir ein Foto jüngeren Datums, damit Du weißt, was Dich bei unserem Wiedersehen erwartet, sowie ein Foto von Marie, in der Du zweifellos eine Dir bekanntere Gestalt erkennen wirst ... Im

August wird sie zusammen mit ihrem Vater nach Australien reisen. Vom 1. bis 15. werde ich also allein sein. Bis bald vielleicht?
Eva Eriksonn-Backmann
Wasagatan, 154, Stockholm.«

Ich konnte mich sehr wohl an Eva erinnern. Der Brief war mit der Maschine geschrieben, in angelsächsischer Manier auf einem Bogen Luftpostpapier, aber ziemlich bewegt erkannte ich ihre Unterschrift wieder: diese große Schrift mit den eckigen Buchstaben, kräftig und voller Schwung ausgeschrieben. Ich habe mich schon immer von schlanken, ein wenig androgynen Frauen angezogen gefühlt, die im Bett zeitweilig Mädchen, zeitweilig Jungen zu sein verstehen. Ich antwortete umgehend, daß ich käme, aber nicht per Flugzeug, sondern mit dem Auto. In der Tat war ich im vergangenen Jahr nach Hannover zu einem Vortrag im Institut Français eingeladen worden und hatte mich bei der Gelegenheit mit einer deutschen Studentin befreundet, die mit dem Gedanken spielte, sich eines Tages in Paris niederzulassen. Vorläufig mußte sie allerdings noch in Hannover bleiben, um ihre Doktorarbeit über die Entwicklung des Romans zu beenden. Sie hieß Karin Wartz, aber ich nannte sie »Warum«, weil sie in der Art von Kindern, deren fragende Augen und trotzige Stirn sie auch besaß, ununterbrochen »Warum?« fragte, sobald man auf Literatur zu sprechen kam. Warum ...? Warum verändert sich der Roman? In welcher Hinsicht ändert er sich? Und warum weiß man nie, in welcher Hinsicht er sich ändern wird? ... Aus welchen Gründen ... oder in welchem Sinn? Ausgezeichnete Fragen, die mit ihren kleinen, scharfen Zähnen den Schriftsteller um den Schlaf bringen. Warum hatte gerade zu der Zeit, als das kommunistische Europa in Flammen aufging, eine Woche als Universitätsassistentin in Ungarn verbracht. Die Menschen flohen über die österreichische Grenze aus dem Land, um sich dann in Lagern wiederzufinden. Die Züge wurden im Sturm genommen. Jeden Montag, wenn der Abend anbrach, wälzten sich riesige Menschenmengen durch die Zentren der großen Städte und taten ihren Willen kund, die Barrieren aus Stacheldraht und Beton, die sie vom Westen trennten, einzureißen. Die Lebensmittelgeschäfte waren leer. Warum war in einem der Studentenwohnheime, die man hastig zehn Kilometer außerhalb von Budapest hochgezogen hatte, untergebracht worden; nur zu erreichen mit den alten, schäbigen Straßenbahnen. Die minderwertig verputzten Plattenbauten überragten die Szenerie aus verrußter Vorstadt und düsteren Fabriken, wie sie anscheinend überall im Osten vorherrschte. Wenn sie ihre Pflichten an der Universität erfüllt hatte, konnte Warum dort ganze Tage verbringen, ohne daß ihre Einsamkeit gestört worden wäre. Kurz bevor sie nach Deutschland zurückkehrte, wo sie ein völlig anderes Leben erwartete, hatte sie mir geschrieben, die Rahmenbedingungen seien insofern ideal, um an den Thesen für eine Dissertation zu arbeiten. Ob aber eine solche Arbeit in einer Welt voller Krisen überhaupt von Nutzen sei? … Die Geschichte sei über den Roman hinausgegangen, meinte Warum, und habe ihn mit ihren Jahrhundert-Trümmern weit hinter sich gelassen. Ihrem Brief lag eine Fotografie bei, aufgenommen während eines Ausflugs, als sie allein an den Ufern des Balaton gezeltet hatte. Sie hatte das Foto mit Selbstauslöser gemacht. Es zeigte sie in T-Shirt und Shorts, an den Füßen schwere Wanderstiefel. Sie stand auf den Planken einer Anlegestelle, den Rücken gegen das Geländer gelehnt. Hinter ihr waren der See und Stechginster zu sehen. Der Himmel wirkte bleigrau. Sie war groß und athletisch, aber sehr mager. Ihr T-Shirt trug sie unter dem Busen verknotet. Die gerade geschnittenen Shorts ließen ihre ausgemergelte Taille und die spitzen Beckenknochen entblößt. Die Beine waren lang und muskulös. Sie trug weiße Söckchen, über die Schnürstiefel heruntergekrempelt. Es war eine Gegenlichtaufnahme. Das Gesicht verschattet. Als wollte es sich dem direkten Blick entziehen. Ich sah es mir unter der Lupe genauer an. Unter dem scharfen Auge der Lupe verschwammen die Gesichtszüge, lösten sich auf, zerfielen zu einem Mosaik aus winzig kleinen geometrischen Formen. Das sollte eine Frau sein ...? Ich nahm mir vor, mit dem Wagen nach Hannover zu fahren, von dort weiter nach Flensburg an der dänischen Grenze, um dann eine Fähre nach Malmö zu nehmen und nach ein, zwei Tagen Autofahrt Stockholm zu erreichen. Und wer wußte, ob sich während dieser langen Fahrt, auf die ich mich schon im voraus freute, nicht Gelegenheit zu einer jener Begegnungen bot, die das Salz des Lebens sind ...

Ich verbrachte drei herrliche Tage in Hannover. Warum erwartete mich mit einem Buch in der Hand. Wir fuhren aus der Stadt hinaus, um uns in einem Motel am Ufer eines großen Sees einzuquartieren. Die Bungalows waren aus hellem Buchenholz gebaut und hatten keine Decke. Über dem Bett erhob sich das spitze Dach, auf halber Höhe durchzogen von einem dicken Balken. Das schmale Fenster zeigte auf den See, über den weiße, dreieckige Segel glitten. Es herrschte völlige Ruhe. Bei der Liebe zeigte Warum sich passiv. Nach einigen Küssen gab sie sich hin. Man konnte sich ihrer bedienen, soviel man wollte. Ihr Geist schien sich an einen weit entfernten, unzugänglichen Ort zurückgezogen zu haben. Ihr zurückgelassener Körper lag still auf dem Bett wie ein achtlos hingeworfenes Kleidungsstück. Er war weich und duftend, heiß und glühend in den Spalten. Ein, zwei Stunden später bemächtigte sich der vagabundierende Geist des als Pfand zurückgelassenen Körpers erneut. Warum öffnete die Augen, streckte sich. Ihre Haut war sehr weiß. Nach deutscher Art waren ihre Achselhöhlen nicht enthaart. »Habe ich geschlafen? Ich muß ein Glas Wasser trinken!« Tagsüber, wenn sie mich nicht auf eine Bootsfahrt mitnahm, bei der sie kraftvoll die Ruder durchzog oder sich unter der senkrecht über dem See stehenden Mittagssonne mit einem Kopfsprung in den See stürzte, um sich, nachdem sie mit mir gewettet hatte, daß ich sie nicht einholen würde, mit kräftigem Kraul vom Ufer zu entfernen, hob sie ihre Nase nicht aus den Büchern. Am dritten Tag brachte ich sie nach Hannover zurück und fuhr weiter in Richtung Schleswig-Holstein, nach Kiel, um mich dann in Flensburg nach Malmö einzuschiffen.

Wäre das Wesen des Romans bekannt, würden Romane von Beamten geschrieben. Die Romanthemen würden als Software gespeichert und die Romane von Computern niedergeschrieben. Das Wesen des Romans ist unbekannt. Es verflüchtigt sich unter dem Geiste dessen, der den Roman schreibt, so wie sich die Frau, wenn sie sich ihrem Geliebten hingibt, unter seinen Händen in ihre eigenen Phantasien verliert und verflüchtigt. Das Wesen des Romans ist das Nichtgegenwärtige. Der Roman ist nicht einfach nur beweglich, sondern er bewegt sich voran, verändert sich, indem er sich entfaltet, nie wissend, welches das nächste Wort sein wird. Das Wesen des Romans ist das Unendliche. Der Roman ist die Autobiographie als Handlung. Der Romancier ist die Schöpfung eines jeden Augenblicks. Er sagt »ich«, um zu lügen. Er gibt sich als Mann und Frau, Engel und Ungeheuer, junger Mann und Greis. Er stirbt, sooft es nötig ist. Unermüdlich liebt er. Das Wesen des Romans ist das Geschlechtliche. Der Roman ist ein sexueller Akt. Das Wesen des Romans ist eine rothaarige Frau in einem dunklen Kino, die den Schauspieler auf der Leinwand heiß begehrt. »Später, bei mir zu Hause, Lexington Avenue.« Sie schließt die Augen und verkrallt die Finger in den Handflächen. Das Wesen des Romans ist ein alter Mann, der auf einem Klappstuhl sitzt und, den Hals mit einem Taschentuch vor der Sonne geschützt, unbeweglich die staubige Landschaft betrachtet. Er trinkt von der Mandelmilch, die ihm ein junger Mann – in dem er sich vage wiederzuerkennen glaubt – aus dem Café herüberbringt, zieht ein Notizbuch aus der Tasche und versucht, eine Erinnerung, die ihm gerade durch den Kopf ging, festzuhalten. Seine Hand zittert. Das Wesen des Romans ist der Krieg zwischen der Begierde und der Erinnerung, zwischen dem schriftlich Festgehaltenen und der Zeit. Das Wesen des Romans ist unmöglich.

AUTOBAHN. GRAUBLAUER HIMMEL. Schnell vorüberziehende, gedeckt graue Wolken mit ausgefransten, blaßgrauen Rändern. Vergängliche, sich zerfasernde Erinnerungen. Zweihundert? Dreihundert Frauen? ... Können die Frauen ihrerseits nicht Tausende von Männern in Besitz nehmen? ... Eine amerikanische Freundin französischer Abstammung erzählte mir, daß sie jedes Jahr fünfzehn bis zwanzig Tage in Afrika verbrachte. Sie stieg mit ihrer Reisetasche auf einem der größten Flughäfen aus, nahm den »Neger-Autobus« und verschwand. Wenn sie zurückkehrte, war sie tausendmal genommen worden. Sie brachte ein Werkzeug mit ... eine Maske ... Sie schenkte mir eine dieser Reliquienbakota aus gehämmertem Kupfer, die heute ein Vermögen wert sind. Sie war ein hochgewachsenes Mädchen mit platinblondem Haar und dunklen Augen. Von Natur aus war ihr Haar von kräftigem, rötlichem, beinahe dunklem Blond, aber sie hatte es bleichen lassen, da die Schwarzen Frauen mit sehr hellem Haar vorziehen. Ihre Haut war von der Sonne goldfarben gebräunt, und in ihren flinken, braunen Augen lag etwas Afrikanisches. Ich hatte ihre Bekanntschaft zu der Zeit gemacht, als ich Eva Backmann kennenlernte, und die Erinnerungen an die Reisen, die ich mit jeder der beiden jungen Frauen unternahm, sind in meinem Gedächtnis nicht voneinander zu trennen, wenn auch unterschiedlicher Art: Sie sind einander nie begegnet. Harriet Hemmery, die Freundin der Schwarzen, ist mir immer nur Vertraute gewesen. Weißen gegenüber war sie stets reservierter. Sie hatte sehr jung geheiratet, in Boston, wo ihre Mutter sie nach dem Tode ihres Vaters allein aufzog, hatte sich aber nach ein paar Monaten von ihrem Mann getrennt und sich seitdem von Weißen nie wieder berühren lassen. Später war sie in eine kleine Stadt im Süden von Vermont, nach St. Andrew, hundert Kilometer nördlich von Massachusetts, gezogen, wo sie ein Geschäft mit diesem exotischen Krimskrams betrieb, auf den die Amerikaner so scharf sind. Sie bewohnte ein kleines, blaugelb gestrichenes Holzhaus am Rande der Bundesstraße Route 114, die gerade hinauf nach Norden führt. Ihr Schlafzimmer lag direkt über dem Laden. Es war ein großer, weißgekalkter Raum, der nur mit einer Matratze und einer einfachen Matte darauf möbliert war. Aber an den Wänden hatte sie ihre Masken aufgehängt. »Jede dieser Masken entspricht hundert Männern«, erklärte sie mir eines Abends, »mindestens hundert Männern!« Ich hatte in der Garage geschlafen, auf einer Matratze neben ihrem alten Buick-Cabrio. Es war die Stunde für den Nachmittagstee, und sie rollte sich einen Joint. Man hörte die Autos auf der Route 114, dieses sanfte, stets gleiche Schnurren von Autos, die sich mit gleichbleibender Geschwindigkeit voranbewegen. Harriet trug eine Art weiter Robe aus weißer Baumwolle im afrikanischen Stil, und ich saß nackt auf einem Stapel alter

Zeitungen. Sie erzählte mir von Afrika. Ihr Studium hatte sie in Vermont an einer für Mädchen aus vermögendem Haus reservierten Universität absolviert. Gelegentlich stattete sie ihrer Mutter in Boston einen kurzen Besuch ab. »Das tue ich aus Haß, um zu sehen, wie sie altert.« Ihre Mutter hatte sich in ihre unglückliche Ehe eingemischt und versuchte unermüdlich, sie wieder zu verheiraten, ohne das Geringste von Harriets wahrem Leben zu ahnen. In den Staaten war sie eine Gefangene des *Lifestyle*: Sie hütete sich vor den Weißen, zeigte sich nicht mit Schwarzen. Seit drei oder vier Jahren unternahm sie pro Jahr statt einer zwei Reisen nach Afrika. »Sechs Monate bin ich keusch, dann tausend Männer hintereinander.« Wenn sie nach Boston fuhr, besuchte sie, nachdem sie mit ihrer Mutter zu Abend gegessen hatte, den Campus von Harvard oder des M.I.T. (Massachusetts Institute of Technology), um den schwarzen Musikern zuzuhören, denn es verging kein einziger Tag ohne eine Konzertveranstaltung. Eines Abends sahen wir uns in Boston wieder; ich kam gerade aus Mexiko zurück, von einer liebesbedingten Reise, die katastrophal geendet hatte (und deren Vorwand ein in Cuernavaca abgehaltenes Kolloquium gewesen war, bei dem es um verschiedene Fälle – und deren Hintergründe, manchmal liebesbedingte – ging, in denen Menschen Menschenfleisch gegessen hatten), und sie nahm mich auf den Campus des M.I.T. mit, wo sie an einer Konferenz über die Entwicklung Ostafrikas teilnehmen sollte. Ich wußte, daß sie schon immer mit schwarzen, anglophonen Studenten in Verbindung gestanden hatte, die von Boston aus ihre Streiche in ihrem Land organisierten, war aber erstaunt darüber, daß sie mit Konferenzen dieser Art ihre Zeit vergeudete. »Ich gehe dorthin, weil anschließend ein Konzert mit Ruby Bobo stattfindet.«

»Wer ist Ruby Bobo?«

»Einer der besten Musiker der Ostküste.«

»Ein Schwarzer?«

»Natürlich.«

»Was für eine Art Musik macht er?«

»Er macht *Soul*, aber es ist schwierig, dir zu erklären, wie sehr diese Musik mich berührt: Er besingt Afrika, ohne je einen Fuß dorthin gesetzt zu haben.«

»Ist er der Sohn von Einwanderern?«

»Ja ... Aber von Einwanderern, die spanische Sklavenhändler in Schiffsladeräumen hierher brachten, noch bevor die Engländer sich hier niederließen! Er ist also durch und durch Amerikaner, der aber die Schönheit Afrikas besingt und nicht – wie andere es tun – das Unglück seines Volkes im Süden.«

»Warum nennt man ihn Ruby Bobo?«

»Bobo ist sein Familienname. Man nennt ihn Ruby, weil in seinen Augen ein kleines rotes Funkeln liegt, ein Funkeln wie das von Rubinen.«

»Hast du ihn schon einmal gehört?«

»Schon mehrmals. Er weiß, daß ich ihn gern höre.«

Nach dem Konzert fanden wir uns im Zimmer eines schwarzen Studenten ein, den Harriet kannte und bei dem Ruby den Abend beenden sollte.

Wir waren ungefähr zehn Personen, bis auf Harriet und mich allesamt Schwarze. Wir tranken Punsch. Ruby kam und wurde mit Beifall empfangen. Man fragte ihn, ob er nicht noch ein paar Lieder singen wolle, nur so für uns. Er willigte ein, allerdings entledigte er sich, da ihm unter den Scheinwerfern sehr heiß geworden war, seiner langen, roten Robe und erschien nackt, in leuchtend gelben Boxershorts mit phosphoreszierend grünem Saum. Er war riesig, hatte sehr breite Schultern und schmale Hüften, muskulös wie ein Sprinter. Sein Schädel war rasiert. Seine Haut, ziemlich hell getönt, zart und seidig, hatte nicht die harte Schwärze von Ebenholz wie die der meisten Afrikaner. Aus den sanften und eher fröhlichen Gesichtszügen ersah man gleich, daß er Amerikaner war. Er ließ sich mit dem Rücken zum Fenster im Schneidersitz nieder und stellte zwei kleine Trommeln vor sich auf, von denen die eine wie eine helle Pauke klang, die andere einen Ton tiefer, und begann – mit derart angespannten Fingern, daß es aussah, als wölbten sie sich nach oben –, leicht auf das stramme Trommelfell zu schlagen. Nach und nach erweiterte sich der Klang, wurde komplizierter ... Mal schlug Ruby mit allen Fingern, mal mit einem ... schlug die Trommeln mit dem Handrücken ... kratzte mit den Fingernägeln darüber ... ließ sie unter der Innenfläche seiner Hand beben ... schlug kurz und hart mit der Handkante auf den zylindrischen Körper aus dünnem Holz ... Er verstand es, aus diesen beiden primitiven Instrumenten ein ganzes Orchester zu machen. Ohne daß ich es zunächst bemerkte, hatte er leise zu summen begonnen ... dann zu singen ... Er sang mit zurückgelegtem, leicht nach links geneigtem Kopf, die Augen geschlossen, der Oberkörper fast reglos; seine gesamte Vitalität schien sich auf die Unterarme, Handgelenke und Hände zu konzentrieren ... es war deut-

lich zu sehen, wie seine starken Halsmuskeln im Spiel des Gesangs an- und abschwollen.
Wir saßen direkt vor ihm auf dem Fußboden. Harriet hielt ihre Knie mit den Armen umschlungen. Das Gesicht von ihrem blonden Haar verdeckt, wiegte sie den Kopf mit kleinen, ruckartigen Bewegungen im Rhythmus. »Thank you!« rief Ruby Bobo. Unvermittelt hörte er auf zu singen und verneigte sich. Er war sehr biegsam! Sein schwerer schwarzer Kopf berührte die Dielen. Er richtete sich wieder auf. Sein Gesang hatte zehn Minuten gedauert. Harriet schien aus einem Traum zu erwachen.
Die Schwarzen begannen sich zu unterhalten. Viele von ihnen rauchten. Zwei oder drei drängten sich in dem Wandschrank, der als Kitchenette fungierte, und setzten eine Kasserolle, in der kleine Gegenstände aus Glas klirrten, mit Wasser auf. Ich betrachtete Ruby Bobo. Er sah zu uns herüber und bewegte lächelnd den kleinen Finger seiner rechten Hand. Ich verstand nicht, bis mir eine leichte Bewegung ins Auge fiel: Erst da bemerkte ich, daß er mit der Bewegung seines kleinen Fingers alle Muskeln seines Oberkörpers in Bewegung setzte; sie zeichneten sich unter der mahagonifarbenen Haut so deutlich ab wie bei einem anatomischen Modell in der Schule. Ich konnte mir nicht verkneifen, ihm ein bewunderndes Lächeln zuzuwerfen, und wandte mich zu Harriet um, die mir zuzwinkerte. Sie lehnte sich gegen mich und sagte leise: »Dieser Typ gefällt mir, Alter.« Sie wurde jetzt dicht umringt, die Schwarzen waren äußerst gesprächig. Sie hörte zu, lächelte, schien sich dafür entschuldigen zu wollen, daß sie nicht jedem Aufmerksamkeit schenken konnte. Vergebens suchte ich

auf den Gesichtern und in den Gesten der Schwarzen, die sich dicht an sie drängten, nach sexuellen Anträgen nach Art der Weißen. Sie schienen einfach glücklich darüber zu sein, daß sie hier war. Harriet war entspannt. Ihre sinnenden Augen wanderten von einem Gesicht zum anderen. Sie hatte sich eine Muschelkette umgehängt und trug auf vier Fingern der linken Hand Ringe, gefertigt aus jenen kleinen Kupferbarren, auf denen stilisierte Tiere abgebildet sind – Tiger, Schlange, Affe, Chamäleon – und die im Bambaraland als Gewichte dienten. Ruby saß an ihrer anderen Seite. Als er ihr den Joint reichte, der von einem zum anderen ging, fragte er sie, ob ich ihr Vater sei.

»Ein Freund aus Frankreich«, sagte sie. »Sind alle Franzosen alt?« – »Er ist gar nicht so alt.« – »Ich glaube, sie sind auch dann schon alt, wenn sie noch jung sind!« Er lachte über seinen eigenen Scherz und ließ hinter einer Doppelreihe sehr weißer Zähne ein wenig vom Innern seines Mundes sehen, das von eher dunklem Rosa war, und als ich mich vorbeugte, um mich an dem Gespräch zu beteiligen – man hatte über mich gesprochen –, sah ich seine vor Vergnügen zuckende Zunge, blaßrosa mit einer schwarzen Furche in der Mitte. Noch in der Nacht fuhren wir zurück nach St. Andrew. Fünfhundert Meilen, die wir zurücklegten, ohne ein einziges Wort zu wechseln. Der Mond war riesig und weiß. Hinter der Grenze zu Vermont begannen die Tannenwälder. Kurz bevor der Morgen dämmerte, kamen wir an. »Jetzt werde ich mich betrinken«, sagte Harriet. Sie kehrte mir den Rücken zu und ging in ihr Zimmer. Ich fuhr den Buick in die Garage, breitete meinen Schlafsack in einer Ecke aus und sank in einen tiefen Schlaf.

IM JAHR DARAUF wurde ich eingeladen, im November an der Columbia University in New York und anschließend in Chapel Hill in North Carolina einen Vortrag über Erotik zu halten. In dem Band »Documents«, vom Mercure de France im Jahre 1957 veröffentlicht, hatte Georges Bataille einen früheren Artikel neu aufgelegt, der dem großen Zeh gewidmet war und zu dessen Bekräftigung Bataille als Illustrationen Fotografien besagten Monstrums beigefügt hatte, aus der Froschperspektive, im Dreiviertelprofil, aus der Vogelperspektive und frontal. Ich hatte eines der Negative auf das Zwanzigfache vergrößert, wie dies heutzutage möglich ist, und betrat den Hörsaal mit aufgerollten Papieren unter dem Arm, die wie Thaterplakate aussahen, tatsächlich aber Plakate vom großen Zeh waren. All das ging an der Columbia University äußerst ernsthaft vonstatten, aber in Chapel Hill war vom ersten Satz des für eine Dreiviertelstunde konzipierten Vortrages an – dem eine Debatte folgen sollte – unterdrücktes Gekicher zu hören. Zwei robuste junge Mädchen mit T-Shirts in den Farben der Universität – blau-weiß, mit zwei schwarzen Füßen in einem Kreis, dem Emblem von Chapel Hill sowie der Devise »Tar Heels!« in Erinnerung an die Südstaatler, die auf Befehl von Lee die Sohlen ihrer Stiefel mit Teer bestrichen hatten, um bei der letzten Offensive der Konföderierten nicht zurückzuweichen –, weißen Shorts und weißen Söckchen, die sich in die erste Reihe gesetzt hatten und deren runde Knie, nicht geteert, sondern schneeweiß, mich aufmerksam zu betrachten schienen, schlossen ostentativ ihre Notizhefte und starrten mich mit ihren wirklichen Augen unschlüssig an. Aber ich hütete mich, in ihre wirklichen Augen zu sehen, in denen ich Mißbilligung hätte lesen können, und starrte auf ihre Knie, die sich trotz allem, was sie zu hören bekamen, wohlwollend und aufmerksam zeigten. Während ich in meinen Ausführungen voranschritt, ließ ich die Plakate herumgehen. Der große Zeh richtete sich darauf bedrohlich auf. Die Debatte endete in einem großen Durcheinander. Gut ein Drittel der Studenten hatte unter großem Lärm den Saal verlassen, die anderen hatten ihre Schuhe in die Ecke geworfen, die Füße auf die Tische gelegt und verglichen ihre Zehen untereinander. Eine der Studentinnen, die mir gegenüber gesessen und deren Knie mir während des Vorlesungsversuchs Beistand geleistet hatten, hatte eine Polaroidkamera aus ihrer Mappe gezogen. Sie begann, die Füße ihrer Kommilitonen zu fotografieren. Es waren schöne Füße mit herrlichen großen Zehen, kräftig, sehr weiß, amerikanisch. Und welche Sauberkeit! Welch brennende Leidenschaft! Der Abend endete in einer Privatwohnung außerhalb des Campus. Am nächsten Morgen nahm ich das Flugzeug nach Montpellier (Vermont).

IN NEW YORK herrschte trockene Kälte, in Carolina war es mild, Vermont war tief verschneit. Ein Greyhound nahm mich mit nach St. Andrew. Harriet verschloß gerade ihr Haus. Sie war im Aufbruch in die Karibik, von wo aus sie dann für etwa vierzehn Tage nach Ostafrika weiterzufahren gedachte. Ohne große Mühe überredete sie mich, sie nach San Juan auf Puerto Rico zu begleiten, wo sie in der Altstadt, in der Calle del Sol, ein ganzes Haus besaß. Dort hatte sie zeitweise mit Rima zusammen gewohnt, einer Freundin aus New York, die Callgirl geworden war und aus den zahllosen vom Salzwasser polierten Holzstücken, die das Karibische Meer an den Strand spülte, seltsame Mobiles herstellte. Rima hatte sich nach ihrem letzten Aufenthalt in San Juan das Leben genommen, und Harriet war während der gesamten drei Tage, die wir dort verbrachten, traurig. Sie selbst war zuletzt vor zehn Jahren hier gewesen. Wir fanden eine Schachtel mit Polaroids, die wir damals aufgenommen hatten. Der Status der Insel hatte sich noch in der Schwebe befunden, und viele junge Leute, mit denen Harriet Umgang hatte, nannten sich Freiheitskämpfer. Hier, auf Puerto Rico, hatte ich zum erstenmal das spanische Wort *independista* gehört, dieses

Wort, das seitdem so schicksalsträchtig wurde. Auch hatte ich an den Türen der Bars, zu denen Angehörige amerikanischer Truppen keinen Zutritt hatten, die große Kreideaufschrift *Off-limits* gelesen, die Adamov als Titel für ein Stück benutzte. Zehn Jahre her! In der Zwischenzeit hatte die Insel für einen Anschluß an die USA gestimmt, Harriets Freunde waren in alle Winde verstreut. Wir mieteten ein Käfer-Cabrio, über das ein mit Pompons geschmückter Baldachin gespannt war. Auf die Motorhaube war in grellem Gelb ein Haifischgebiß gemalt, und auf die Türen hatte man Noten gesprayt. Vorn an dem Baldachin war ein breiter Wimpel befestigt, auf dem zu lesen stand:

THE SINGING SHARK

– Der Singende Hai. Harriet saß traurig am Steuer des Singenden Hais, und als wir an den Mauern der Alten Universität entlang fuhren, wo sich einst die Freiheitskämpfer versammelt hatten, sah ich, wie sie sich auf die Lippen biß, um nicht in Tränen auszubrechen.

Sie kannte die Insel wie ihre Westentasche. Wir mieden den Teil der Küste, wo die großen Hotels errichtet worden waren, aber auch die Fischerdörfer, wo sich im Umkreis der Anlegestellen Fischabfälle und Unrat häuften, und suchten direkt die unerschlossenen Strände auf, die von Korallenbänken vor dem offenen Meer geschützt werden. Zwischen den Korallenriffen und dem Ufer ist das Wasser smaragdgrün und kristallklar. Wir zogen uns nackt aus, um zu baden. Ich vergaß, wer ich war, und fühlte mich wie der erste Mensch auf Erden. Nach dem Bad tranken wir in einer der Bars, die die Puertoricaner hier und da aus Bret-

tern errichtet haben, einen *Cuba Libre.* Neben jeder dieser Bars standen lange Holztische, an denen die Männer auf Bänken saßen und geräuschvoll Domino spielten.
Halbnackte Kinder hielten einander an den Händen und folgten uns im Gänsemarsch ein gutes Stück, wobei sie sich in den Hüften wiegten und zu einer Sambamelodie sangen: »Un bayón ... Un bayón ... Un bayón!«, womit ein *quarter,* ein Vierteldollar, gemeint war. Wir hatten im Hinblick auf dieses Morgenständchen wohlweislich eine Menge *quarters* und *dimes* eingesteckt und warfen ihnen davon einige zu, um die sie sich dann unter großem Geschrei im Staub stritten wie Spatzen um Hirsekörner auf dem Bürgersteig. Wenn sie einen Bayón ergattert hatten, steckten sie ihn tief ins Ohr, schön aufrecht, damit er steckenblieb, und begannen sogleich wieder mit ihrer Sarabande. Un bayón ... Un bayón ... Un bayón!
Für unsere Abreise war Samstag festgesetzt. Wir wollten zusammen nach New York zurückkehren, von wo aus ich direkt nach Paris und Harriet nach Nairobi weiterfliegen würden. Den Freitag verbrachten wir am Meer. Ein Fischer, der gekommen war, um auf der anderen Seite des Korallenriffs seine Angeln auszuwerfen, gab uns durch Zeichen zu verstehen, wir sollten zu ihm ins Boot steigen. Durch eine Spalte im Riff gelangten wir zu ihm und verbrachten die heißesten Stunden des Tages auf dem Meer. Als wir in die Calle del Sol zurückkehrten, war die Nacht längst hereingebrochen. Wir hatten für unser Abendessen auf der Terrasse Bratfisch, Weizenfladen und Bier gekauft. Alles war köstlich, aber Harriet schien deprimiert. Sie gestand mir, daß sie zum erstenmal in ihrem Leben »aus

Gewohnheit« nach Afrika aufbrach. Ich konnte mir ein Lachen nicht verkneifen, da ich wußte, was diese Worte in ihrem Sinne bedeuteten. »Du hast recht«, sagte sie, »ich fahre *deswegen* dorthin.« Darauf gab es nichts zu erwidern, ich erwiderte nichts und hatte Zeit, einen kleinen Joint zu rauchen, bevor ich folgendes erfuhr. »Manchmal«, sagte Harriet, die in der Zwischenzeit ihr Haar zu einem Zopf im Nacken geflochten und sich in ihrem knappen Hüfttuch auf den Fliesenboden der Terrasse gelegt hatte, »frage ich mich, ob ich nicht mit einem einzigen Mann, den ich von hier mitnehme, einem Schwarzen, nach Afrika fahren und mit ihm den Rest meines Lebens dort drüben verbringen sollte.«

»Du denkst an Ruby Bobo?«

»Zum Beispiel.«

»Hast du ihn seit meinem letzten Besuch wiedergesehen?«

»Vier- oder fünfmal.«

»Ist er in dich verliebt?«

»Auf Art und Weise der Schwarzen, ja.«

»Woher weißt du das?«

»Ich weiß es.«

»Wovon würdest du leben?«

»Ich habe in den vergangenen zwanzig Jahren etwas Geld gespart. Außerdem werde ich dieses Haus hier verkaufen; und mit dem Geld sowie meinen Ersparnissen habe ich mehr als genug, um mir in Afrika ein Haus zu kaufen ... auf einem schönen Fleckchen ... am Meer oder an einem See ... ein großes Haus, in dem Ruby zum Musikmachen soviel Raum hat, wie er will. Den Laden in St. Andrew behalte ich. Ich kenne ein Mädchen in Boston, das gern bei mir Teilhaberin wäre, es könnte den Laden weiterführen, die eine Hälfte des Geldes für sich behalten und die andere mir schicken, das würde mir und Ruby zum Leben genügen. Es gibt Momente, da hätte ich schreckliche Lust, das zu tun.«

»Würde Ruby die USA verlassen wollen?«

»Genau da liegt das Problem, denn er hat, wie ich dir bereits einmal sagte, nie einen Fuß auf afrikanischen Boden gesetzt. Er war noch nicht einmal außerhalb der USA! In den meisten seiner Lieder besingt er Afrika, aber selbstverständlich hat er nicht die geringste Ahnung von dem, was ihn dort erwarten würde. Er weiß, daß es um Afrika nicht gerade zum besten steht, aber er stellt sich vor, daß es in Afrika im großen und ganzen so aussieht wie in Amerika, vielleicht nicht ganz so modern und nicht ganz so reich, daß aber dort alle Schwarzen Brüder sind und eine ebenso wichtige Rolle spielen wie hier die Weißen. Er hat nicht die leiseste Ahnung, was dort vor sich geht!«

»Und du würdest es wagen, ihm die Augen zu öffnen ...«

»Ich müßte ein idyllisches Plätzchen ausfindig machen ... Afrika ohne das Elend ... ohne die Korruption ... Das klingt wie ein Hirngespinst, aber Afrika ist so groß ...«

Sie zieht ihren Zopf unter der Schulter hervor und legt sich flach auf die Terrasse, ihr großer, gebräunter Körper bietet sich dem milchigen Licht des Mondes dar, als wären es Sonnenstrahlen. Es ist noch sehr heiß, die Luft ist feucht, und schwere, scheinbar alkoholgeschwängerte Düfte steigen aus den Zuckerrohrfeldern südlich von San Juan auf. Sie hat ihr langes, blondes Haar nach hinten geworfen, kreuzt ihre Arme über der Brust, wobei sie ihre Brüste platt auf den Oberkörper preßt, und bleibt so liegen, nackt im Mondlicht. Ihr Torso ist lang, muskulös und mager, die Rippen zeichnen sich ab, und ihr Bauch höhlt sich bei jedem Atemzug aus. »Ich finde es zum Kotzen, eine Frau zu sein«, sagt sie plötzlich, »wäre ich ein Mann, würde ich mir Geld in eine Gurttasche stecken und fortgehen; würde versuchen, dort zu leben, und falls es mir nicht gelänge, würde ich hierher zurückkommen, und wir würden kein Wort weiter darüber verlieren. Als Frau fahre ich dorthin, um mich von hundert Schwarzen vögeln zu lassen, und wenn ich hinfahre, um mich von einem einzigen lieben zu lassen, bin ich mir nicht sicher, ob ich nicht alles kaputtmache. Ein Mann kann kommen und gehen, wagen und verlieren und wieder von vorn anfangen. Eine Frau nicht. Sie setzt alles auf eine Karte. Wenn sie es schafft, hat sie es geschafft. Wenn sie versagt, hat sie versagt.« Vage ist mir so, als ließe sie sich noch weiter aus, aber ich schlafe ein. Nach einiger Zeit erwache ich wieder. Der Mond hat ein Viertel des Himmels durchlaufen. Vorhin stand er sehr hoch, jetzt steht er tiefer. Vorhin war er milchig, jetzt ist er von bläulichem Weiß, bleich, transparent. Er scheint schräg auf das Gesicht von Harriet, die immer noch nicht schläft. Sie atmet ruhig ... mit weit geöffneten Augen. Ich krieche zu ihr hin, bis ich nahe genug bin, um sie zu berühren. Ich weiß, daß es ihr nicht gefallen würde, wenn ich ihr Geschlecht oder ihre Brüste berührte, also begnüge ich mich damit, meinen Handrücken auf ihren Bauch zu legen und ihre Atmung zu begleiten. Ich presse meine reglose Hand auf die muskulöse Haut, bekomme einen Steifen. Ich drehe mich auf den Bauch, presse mein hart gewordenes Geschlecht gegen die Fliesen der Terrasse. Einige Zeit vergeht. Der Mond zieht in Richtung Meer. Ein Gedanke schießt mir durch den Kopf. »Warum hat ein Mädchen wie du eigentlich nie ein Kind bekommen?« frage ich Harriet. »Das ist es, was dir fehlt: ein Kind.« Es vergeht wieder eine Weile, dann antwortet sie: »Ich habe daran gedacht, aber so, wie ich bin, hätte ich nur von einem Schwarzen ein Kind bekommen. Folglich wäre das Kind zwangsläufig ein Mischling geworden, und das wäre sein Unglück gewesen. Die Welt ist gemacht für Weiße oder Schwarze, keinesfalls aber für Mischlinge.« Ich habe keinen Steifen mehr, ziehe meine Hand zurück. Dicke, violette Wolken ziehen vom Meer auf. Sie bilden eine Art gewölbte Linie, hinter der der Mond zu hängen scheint.

Mir wurde kalt, und ich bin zum Schlafen in mein Zimmer gegangen. Harriet hat auf der Terrasse geschlafen. Sie hat in einer Ecke eine Decke gefunden, und als ich ihr einen Kaffee bringe, den ich gerade bereitet habe, finde ich sie eingemummelt wie ein Soldat. Der Tag ist angebrochen, aber von Sonne keine Spur, der Himmel ist von dicken bräunlichen und blaugrauen Wolken bedeckt. Ein ziemlich starker Wind weht durch die Tropen; ein kräftiger Wind, lau mit kalten Luftströmungen; die Wolken ziehen so schnell über den Himmel, wie Öltropfen über eine gewachste Leinwand laufen. Als ich Harriet weckte, schien sie mir griesgrämig zu sein, aber nachdem sie eine große Schale Kaffee getrunken hat, ist ihre gute Laune zurückgekehrt. »Ich freue mich wirklich darauf, von diesem Dreckskontinent nach Afrika abzuhauen«, sagt sie. Plötzlich erscheint die Sonne oberhalb der vorüberziehenden Wolkenballungen, und unvermittelt ist es sehr heiß. Harriet zieht sich aus und stellt sich unter die Dusche, die sie auf der Terrasse installiert hat. Sie steht mit rechtwinklig gebeugtem Körper und gespreizten, durchgedrückten Beinen da, durchnäßt ihr langes Haar und wringt es aus wie ein Kleidungsstück nach der Wäsche. Sie wendet mir ihr Profil zu. Ich komme nicht umhin, ihre festen Beine, den angespannten Bauch und die Muskeln ihrer Schultern und Arme zu bewundern, deren Spiel ich betrachte, während sie ihren Spaß daran hat, diese schwierige Haltung beizubehalten. Ihre recht schweren Brüste hängen nach unten, folgen jedoch über den deutlich sichtbaren Brustmuskel wie von selbst den Bewegungen der Arme. Ich pfeife ihr bewundernd zu, woraufhin sie mich mit finsterer Miene ansieht. »Du bist wirklich gut gebaut«, sage ich. »Na und?« – »Nichts weiter.« Bald ist sie fertig. Ein Taxi bringt uns zum Flughafen. Es ist ein alter, leuchtend gelber Plymouth mit Heckflossen. Der Chauffeur ist ein Koloß, halb Schwarzer, halb Gelber, der mit einer Bootsmütze auf dem Kopf und nacktem Oberkörper hinter dem Steuer sitzt. Auf dem Armaturenbrett hat er, gehalten von einem Aluminiumstäbchen, die Fotos von ungefähr zehn Kindern aufgereiht. Harriet fragt ihn, wer sie sind: die Seinen. Er zündet sich eine halbierte Zigarre an, und als er den Wagen startet, beginnt eine Jungfrau von Lourdes direkt vor ihm auf dem Tacho – ich hatte sie gar nicht bemerkt – kleine Blitze aus ihren Augen zu schleudern. »Stört Sie das nicht beim Autofahren?« fragt Harriet. »Das ist die Heilige Jungfrau von Lourdes, sie beschützt mich und meine ganze Familie!« antwortet er. »Ich bin Franzose, geboren in der Nähe von Lourdes«, sage ich. »Dann kostet Sie die Fahrt hundert Bayónes weniger!« erwidert der Chauffeur. Träge steuert er den Wagen. Während er auf seiner Zigarre herumkaut, die er, den Bewegungen des Steuers entsprechend, von einem Mundwinkel in den anderen schiebt, fragt er uns, ob wir, wenn wir wiederkämen, nicht an einer Voodoo-Séance teilnehmen wollten. Er sei derjenige, der dem Hahn den Hals durchschneide. Über die Schulter hinweg reicht er uns Fotos nach hinten, auf denen eine Art Monster zu sehen ist; auf dem Schädel kleben Federn von Geflügel, und über das Gesicht rinnt eine rote Flüssigkeit: »Das bin ich.«

»Sehr gern, aber ich weiß nicht, ob wir wiederkommen werden«, sagt Harriet. Sie legt den Kopf zurück und holt tief Luft; mir scheint, sie will sich vor der Abreise noch einmal die Gerüche der Insel einprägen. Wenn sie sich in Afrika niederlassen und ihren Laden in Vermont behalten sollte, wird sie ihr hiesiges Haus verkaufen müssen. Und aller Wahrscheinlichkeit nach werde auch ich dann nie wieder hierherkommen. Voller Melancholie betrachte ich ihren Bauch. Ich lege meine Hand flach darauf und lasse sie ein wenig dort liegen, er ist warm, dann nehme ich die Hand fort und klopfe mit gekrümmtem Zeigefinger auf den Bauch, als klopfte ich an eine Haustür.

»Was ist denn jetzt schon wieder mit dir los?« fragt Harriet.

»Ich muß gerade an ein Gedicht denken.«

»Ein Gedicht von wem?«

»Ein chinesisches Gedicht.«

»Aus welcher Epoche?«

»Von vor zehntausend Jahren.«
»Und wie heißt es?«
»Der Pavillon des gelben Kranichs.«
»Und?«
»Ich habe Lust, es dir vorzutragen.«
»Na gut, fang schon an!«

»Mein alter Freund hat im Westen mich verlassen,
am Pavillon des gelben Kranichs,
inmitten des Dunstes und der Blumen des Frühlings.
Er gleitet hinunter nach Yangtsehu,
mit einsamem Segel, dessen Silhouette sich immer weiter entfernt,
bis das azurne Blau es verschluckt.
Und dann ist da nur noch der große Fluß,
der bis zum Horizont hin sich erstreckt,
in seiner Teilnahmslosigkeit.«

»Nicht schlecht«, sagte Harriet, »aber ich wüßte gern, warum du mir das gerade jetzt aufsagst!«
»Harriet! Man möchte meinen, daß dieses Gedicht für dich geschrieben wurde! Der Pavillon des gelben Kranichs ist das Haus, das einsame Segel ist unser Taxi, der alte Freund, der fortgeht, bist du.«
»Vielleicht hast du recht. Schreib es mir auf.«
Ich ziehe ein Notizheft aus meiner Tasche, und trotz der holperigen Fahrt gelingt es mir, das Gedicht auf eine Seite zu schreiben, die ich herausreiße und Harriet gebe. Sie faltet sie in der Mitte und schiebt sie in die Plastikschutzhülle ihres Reisepasses. Plötzlich herrscht ein ohrenbetäubender Lärm. Ohne daß wir es bemerkt haben, sind wir am

Flughafen angekommen. Eine strahlend weiße Boeing 727 von American Airlines, mit dem großen rotblauen Adler auf dem Heckruder, hebt gerade ab und fliegt mit heulenden Triebwerken über uns hinweg.

RIMA MENATTI war die Tochter von Einwanderern. Ihre Eltern hatten Kalabrien zu Beginn der Krise Anfang der sechziger Jahre verlassen und sich in New York angesiedelt, wo sie unter dem Motto »Alla Bella Cosina« einen Feinkostladen in *Little Italy* führten. Rima war in der 22. Straße bei den Schwestern vom Heiligen Antlitz zur Schule gegangen und hatte sich als gute Schülerin erwiesen. Aber als sie fünfzehn war, konnten die Eltern ihr die Universität nicht bezahlen, und sie mußte ihnen im Laden helfen. Sie war ein zierliches, dunkelhaariges Mädchen mit kleinen Händen, kleinen Füßen, langen, schwarzen Haaren und großen Brüsten. Sie liebte das Kino. An ihrem siebzehnten Geburtstag schleppte eine Freundin sie zu einer Schauspielschule in der 23. Straße, zwei Blocks von ihrer ehemaligen Schule entfernt, unter Leitung des angesehenen Schauspielers Francesco Polo, eines Absolventen des Actor's Studio. Auch er war kalabresischer Abstammung. Rima fiel ihm sofort auf, und er bewilligte ihr eine Gebührensenkung, damit sie an seinem Unterricht teilnehmen konnte, denn er spürte ihre Begabung. Viele junge Männer stellten ihr nach. Sie war von diabolischer Schönheit. Ihr Gesicht war rund, die Nase kurz, die Wangen voll und fest, die Lippen fleischig. Im zweiten Jahr freundete sie sich mit einem hübschen Jungen namens Phil Stennay an, dessen Leben ein wenig dem ihren ähnelte: Seine Eltern waren von Minnesota nach New York übersiedelt und unterhielten eine Reinigung im *Village*, und er arbeitete bei ihnen im Laden, bevor er zum Schauspielunterricht kam. Sein Idol war Robert Redford, dem er auch ziemlich ähnlich sah. Jedes Jahr Anfang Juni ließ Francesco Polo von seinen Schülern eine »öffentliche Vorstellung« geben, auf der Bühne des benachbarten Kinos »Rio«, das er für diese Gelegenheit anmietete. Dorthin lud er die Kritiker der wichtigsten Theaterzeitungen und -zeitschriften sowie die Leiter der ungefähr hundertdreißig Künstleragenturen New Yorks. Von den vielen Geladenen kamen bestimmt ein Dutzend Leute, verloren in der enthusiastischen Menschenmenge aus Eltern und Freunden der Schauspieler. Am Ende des zweiten Jahres führten Rima und Phil zusammen eine Szene auf. Sie hatten ein Stück von Tennessee Williams gewählt, das sie voller Ungestüm spielten, und wurden mit viel Applaus bedacht. Als die Vorstellung beendet war, wurden Tische auf die Bühne gestellt, und über Lautsprecher erklangen alte Hits aus den Sixties. Es wurden Coca-Cola, kalifornischer Champagner und Kekse angeboten. Rima und Phil, völlig verschwitzt und mit leuchtenden Augen, weil sie so viel Beifall erhalten hatten, schwatzten mit einigen ihrer Kollegen, als ein mageres Mädchen mit spitzem Rattenschnäuzchen und straßbesetztem Lorgnon, gekleidet in ein kleines Schwarzes, das ein hübsches Sümmchen gekostet haben mußte, grußlos zu ihrem Grüppchen vordrang und sich mit näselnder

Stimme direkt an Phil wandte: »Sind Sie Phil Stennay? Dann folgen Sie mir bitte, Mrs. Barbara Hoolingwer möchte Sie sprechen.« Ohne ein weiteres Wort war sie verschwunden, und Phil, nachdem er rasch sein Glas Champagner Rima in die Hand gedrückt hatte, war ihr hastig durch die Menschenmenge gefolgt, wohl wissend, daß mehrere Jahre vergehen konnten, ehe ihm eine solche Einladung erneut zuteil wurde, falls überhaupt. Recht wenige Schauspielschüler und selbst wenige bekannte Schauspieler konnten sich rühmen, Mrs. Barbara Hoolingwer je mit eigenen Augen gesehen zu haben, aber alle wußten, wer sie war: die Direktorin einer der mächtigsten Künstleragenturen der Ostküste, die einige der berühmtesten und bestbezahlten Stars des Landes unter Vertrag hatte.

Tatsächlich war Barbara Hooolingwer persönlich anwesend. Am Ende der Theatersaison opferte sie alljährlich drei oder vier ihrer kostbaren Nachmittage, um mit einer ihrer Assistentinnen ein paar dieser öffentlichen Vorstellungen, die die zahllosen Schauspielschulen New Yorks organisierten, zu besuchen und Gott Zufall Vertrauen zu schenken, er möge sie einen der seltenen Vögel entdecken lassen, was schon mehrmals geschehen war. Die Verantwortlichen anderer Agenturen warteten dagegen in ihren komfortablen Büros darauf, daß ihnen das gebratene Täubchen in den Mund flog. Das war nicht ihr Fall! Sie stöberte ein Talent dort auf, wo es war!

Aus dem Stapel Einladungen, die in diesem Frühjahr an sie ergangen war, hatte sie unter anderen, ohne recht zu wissen, warum, die von Francesco Polo zurückbehalten und hatte gerade vier Stunden lang, ohne Unterbrechung und ohne daß ihre Aufmerksamkeit auch nur für einen Augenblick nachgelassen hätte, die Schülerparade des Actor's-Studio-Absolventen verfolgt. Sich ihres Gedächtnisses absolut sicher, hatte sie keinerlei Notizen gemacht, und doch hätte sie, ohne sich zu irren, die zwanzig oder fünfundzwanzig Theaterszenen in der genauen Reihenfolge aufzählen ... größtenteils schlechtes Theater! ... nach dem, was sie gesehen hatte ... sowie die Namen derer, die sie interpretiert hatten, nennen können. Allein stand sie da neben dem Eingang, die Hüfte gegen eine der mit rotem Samt verbrämten Säulen gelehnt, die das Zwischengeschoß stützten. Ihr Gesicht war mager, das Kinn willensstark, die Stirn hoch und gewölbt. Ihr flammend rotes Haar war zu Zöpfen geflochten und schneckenförmig über ihren Ohren eingerollt. Wenn man sie sah, verstand man sofort, daß ihre Assistentin mit dem Rattenschnäuzchen ihren Look nachahmte: Sie trug ein langärmeliges Kleid aus schwarzer Wildseide, das ihren Körper so eng umschloß, daß man unweigerlich annehmen mußte, sie wolle ihn gefangenhalten, damit er sich nicht verflüchtige. Sie war schon fünfmal verheiratet gewesen und wirkte auf Männer noch immer attraktiv.

»Hier ist Phil Stennay, Mrs. Hoolingwer«, sagte Rattenschnäuzchen und stieß den jungen Mann vor sich her.

Sie streckte die Hand aus, mit steifen Fingern und aufgerichtetem Daumen. Phil war nicht gerade schmächtig. Er war einsfünfundachtzig groß, wog fünfundachtzig Kilo und hatte früher Rugby gespielt. Dreimal die Woche ging er nach dem Unterricht von Francesco Polo für eine Stunde Muskeltraining ins Fitneßcenter von Baby-Sugar-

Jab, dem schwarzen Boxer und ehemaligen Gewinner der *Golden Gloves*. Er nahm Mrs. Hoolingwers Hand. Er legte Samt in diesen Händedruck, aber auch, seinen Muskeln entsprechend, Kraft. Mrs. Hoolingwer hielt dem stand. Tatsächlich klinkten beide Hände genau ineinander ein, die Daumen senkten sich, die Finger umschlossen einander in aller Härte. Shakehands. Mrs. Hoolingwers Blick verschleierte sich für einige Sekunden und wurde dann wieder kristallklar. Ihre Augen hatten einen rötlichen Schimmer, gesprenkelt von winzigen flaschengrünen Glanzlichtern. »Mr. Stennay«, sagte sie in herablassendem Ton, gleichgültig gegenüber der Tatsache, daß alle Leute in ihrer Umgebung sie hören konnten, »ich habe Sie gerade diese Szene von Tennessee Williams spielen sehen. Tennessee war mein Freund. Er hat sich gegenüber Schauspielern, die sich an sein Werk gemacht haben, stets sehr anspruchsvoll gezeigt, aber ich bin sicher, daß er, wenn er Sie heute auf der Bühne gesehen hätte, sehr glücklich gewesen wäre.«

»Oh ... danke, Mrs. Hoolingwer!« sagte Phil, dessen Gesichtsausdruck eine naive Freude widerspiegelte.

»Ich möchte Ihnen einen Vorschlag machen«, fuhr die junge Frau fort, deren Blick Stennays körperliche Hülle zu durchbohren schien, als wolle sie durch die Haut hindurch zum Intimsten gelangen, das es in ihm gab. »Ich kümmere mich im Augenblick um das Casting für einen Film von Jimmy Hackenbrush, unserem brillantesten jungen Filmemacher, für einen Film, der diesen Sommer in der Karibik gedreht werden soll ... Die Titelrolle ist vergeben, aber wir brauchen für eine der Nebenrollen einen gut gebauten

Jungen, der nicht nur seinen Platz auf einer Yacht auszufüllen weiß, sondern auch zu sprechen imstande ist. Meiner Meinung nach kämen Sie dafür in Frage. Die Rolle bedeutet nicht gerade die Quelle großen Reichtums, wird aber gut bezahlt und öffnet Ihnen vor allem die Tore zu diesem Metier. Würden Sie eine Probeaufnahme machen?«

»Mit dem größten Vergnügen, *madam*!«

»Das freut mich sehr. Seien Sie morgen um drei Uhr in meinem Büro, Lexington 135. Dann können wir alles genauestens besprechen.«

»Ich werde dasein.«

In dem Moment kam Rima von hinten heran und schob ihren Arm unter den von Phil.

»Gestatten Sie, Mrs. Hoolingwer, daß ich Ihnen meine Verlobte Rima Menatti vorstelle, mit ihr sahen Sie mich vorhin spielen.«

»Guten Abend, Miß. Seien Sie pünktlich«, sagte Mrs. Hoolingwer zu Stennay und kehrte beiden den Rücken.

Rima begann von Kopf bis Fuß zu zittern, hielt sich den Handrücken vor den Mund und biß hinein, bis etwas Blut hervorperlte. Sie spuckte es aus. »Was ist los mit dir?« fragte Phil. »Wenn du mich liebst, geh nicht zu dieser Verabredung!« – »Aber warum nicht?« – »Einfach so.« – »Einfach so was?« – »Einfach so.« Er sah sie verständnislos an. »Ich soll eine Verabredung mit Mrs. Hoolingwer nicht einhalten? Spinnst du? Das könnte die Chance meines Lebens sein!« Sie stritten heftig miteinander und trennten sich dann. Sie ging nach Hause, er blieb mit den anderen Schauspielern zurück.

Später vertraute Rima Harriet an, sie habe genau in dem

Moment, in dem Mrs. Hoolingwer – deren Namen sie zwar kannte, die sie aber bis zu dem Zeitpunkt noch nie getroffen hatte – zu ihr rasch »Guten Abend, Miß« und zu Phil »Seien Sie pünktlich« sagte und ihnen beiden den Rücken zuwandte, gespürt, daß ein plötzliches Unglück über sie hereinbrach und ihr Leben in Gefahr schwebte. »Dein Liebesleben?« – »Einfach mein Leben. Hast du so etwas schon einmal gespürt?« – »Ein einziges Mal.« – »In den Augen einer Frau ist das schlimm.« Sie erzählte, Mrs. Hoolingwers Augen seien gelb, voller Glanzlichter in der Farbe von Flaschenscherben. »Du hast bestimmt schon auf dem Lande diese Glasscherben auf den Mauern gesehen, die Leute zementieren sie ein, damit denen, die darüber hinwegklettern wollen, die Hände zerschnitten werden. Genau so waren ihre Augen. Ich habe sie vor mir gesehen, genau wie ich dich hier sehe.« – »Hast du das Stennay gesagt?« – »Sofort. Aber es war zu spät.«

Ich bin für ein paar Tage mit Harriet nach St. Andrew zurückgekehrt. Wir sitzen in ihrem Zimmer, und sie reinigt eine Schwarzenmaske. Sie geht in aller Sanftheit vor, denn unter der bräunlichen Schmutzschicht kommt langsam die bläulich-weiße Bemalung zum Vorschein, die keinesfalls beschädigt werden darf. Es ist eine Dogon-Maske mit Strohbart. Seit gut zwei Wochen war Harriet nicht beim Friseur (woraus ich schließe, daß sie nicht versucht hat, Ruby Bobo wiederzusehen), was ich an ihrem langen Haar erkenne, das ihr, während sie sanft die Maske bürstet, auf die Nase fällt und genau zweifarbig ist; zwei Drittel platinblond, ein Drittel dunkelroter Haarwurzeln. »Ich mache uns Tee.« Sie springt mit einem Satz aus ihrer hockenden Haltung auf die Füße, verschwindet für zehn Minuten, kommt mit dem Teetablett und zwei Bechern aus Terrakotta zurück und erzählt mir Rimas Geschichte, soweit sie gediehen ist. »Vielleicht schreibst du eines Tages einen Roman darüber?« – »Warum nicht? Der Romancier nimmt seinen Stoff, wo immer er ihn findet. Sein Vorstellungsvermögen ist nichts im Vergleich zu dem, was wirklich geschieht. Liest du Romane?« – »Nie.« Sie schenkt Tee ein. Sie trägt eine herrliche, leuchtend gelbe, afrikanische Robe und um die Knöchel schwere Sklavenarmbänder. Ihre bärtige Maske hat sie neben sich gelegt. »Die Maske wirkt tatsächlich so, als würde sie uns zusehen«, sage ich. »Ja doch, sie sieht uns wirklich zu und weiß, was wir gerade denken. Es ist die Maske eines Zauberers. Hätte ich ihn zu Rimas Zeiten gekannt, hätte er mir einen Rat geben können!

Als ich sechzehn Jahre alt war, starb mein Vater und hinterließ mir ein Teil seines Vermögens, verfügte aber, ich dürfe erst nach meinem achtzehnten Lebensjahr, wenn ich volljährig würde, darüber verfügen, beziehungsweise vorher, falls ich vorher heiraten sollte, denn dann sei ich emanzipiert. Ich hatte gerade mit meinem Studium an der Universität begonnen und lebte bei meiner Mutter. Ich konnte sie nicht mehr ertragen und riß mehrmals aus, aber sie hetzte mir immer wieder die Polizei auf die Fersen, ich wurde eingefangen, und sie ließ meine Papiere beschlagnahmen. So war ich ihr ausgeliefert; genauer gesagt, ich würde bis zu meinem achtzehnten Lebensjahr ihre Gefangene oder aber gezwungen sein, einen Mann zu heiraten, den sie für mich bestimmte. Sie war ganz verrückt nach antiken Gegenständen und ließ ununterbrochen Antiquitätenhändler zu uns kommen; ich war sicher, daß sie mir eines Tages einen von ihnen als Ehemann vorschlagen würde – sie würde mich gegen ein Gemälde oder eine wertvolle Kommode eintauschen. Nachdem ich Tage ohne zu essen und schlaflose Nächte verbracht hatte, entschloß ich mich, zum erstbesten Vorschlag ihrerseits ja zu sagen; es war die einzige Möglichkeit, ihr zu entkommen, falls ich mich während der Wartezeit bis zu meinem achtzehnten Lebensjahr nicht verzehren wollte. Eines Tages im April sagte meine Mutter: ›Da ist ein Mann, der dich heiraten möchte, er hat dich mit mir gesehen, es ist Mr. Robert Schlimms. Er ist fünfzig Jahre alt und einer der reichsten Antiquitätenhändler der Fifth Avenue; er ist Partner von Sotheby's, nirgends wirst du eine so gute Partie finden, also tu mir den Gefallen und sag ja.‹ – ›Ich sage ja.‹ Ich würde endlich emanzipiert sein, würde das Erbe meines Vaters genießen können! Ich war mir meiner ganz sicher, fühlte mich frei und aggressiv; für mich stand fest, daß ich Mr. Schlimms verführen würde, ihn an der Nase herumführen, mich amüsieren, reisen und mich nötigenfalls scheiden lassen! Ich umarmte meine Mutter herzlich.

Das Zusammentreffen sollte in der Bar des Plaza im Central Park South stattfinden. Ich ging zum Friseur, ließ mich schminken, parfümieren und maniküren und begab mich in die Bar. Meine Mutter und ein Mann saßen im hinteren Teil des Saals. Als ich eintrat, sagte meine Mutter ein paar Worte zu dem Mann, der sich daraufhin erhob. Er war groß und schlank, schlicht gekleidet und trug eine Son-

nenbrille. ›Robert‹, sagte meine Mutter, ›dies ist Harriet. Harriet, Mr. Schlimms.‹
Der Mann lächelte mir zu, ich gab ihm die Hand. Er drückte sie und nahm mit der Linken seine schwarze Brille ab. Sein Blick bohrte sich für einen Moment in meinen. Ich spürte, wie mir die Knie zitterten: ein Homosexueller. Ich hatte nichts gegen Homosexuelle, sie waren, ebenso wie die Lesbierinnen, innerhalb der Gruppen auf dem Campus, mit denen ich Umgang hatte, zahlreich, aber niemals im Leben hatte ich in Betracht gezogen, einen Schwulen zu heiraten. Niemals. ›Setz dich, dumme Pute‹, sagte meine Mutter. Ich setzte mich und suchte das Zittern meiner Knie unter dem eingehenden Blick von Mr. Schlimms zu unterdrücken; dann wandte sich der Blick ab. Mr. Schlimms setzte seine dunkle Brille wieder auf und fuhr in der Unterhaltung fort ... mit meiner Mutter. Ich fühlte mich benommen. Ich war entschlossen, nicht vor dieser Heirat zurückzuweichen, komme, was da wolle, aber in Mr. Schlimms Blick, der dem meinen für einige Sekunden begegnet war, hatte ich auch – genauso klar, wie ich dich sehe – das Urteil gelesen ... Glücklicherweise habe ich die Schwarzen entdeckt. Sie haben mich gerettet. Ich glaube, ich werde ein bißchen Koks schnüffeln ... Das wird mich auf andere Gedanken bringen ...«

SIE STEHT AUF ... ich höre, wie sie in ihre kleine Küche geht ... zu ihren kleinen, dunklen Angelegenheiten ... alles ist ruhig ... ich liege ausgestreckt auf dem Rücken ... die Arme unter dem Nacken verschränkt ... betrachte die Decke ... Stille ... weiß nicht, warum ich plötzlich an Eva denken muß ... seit achtzehn Jahren habe ich keine Nachricht von ihr erhalten ... ebensogut könnten es achtzehn Jahrhunderte sein ... achtzehn Jahrtausende ... es wäre kein wesentlicher Unterschied ... der Schädel ist angefüllt mit Bildern, die vorüberziehen ... geräuschlos ... außerhalb des Lebens ... außerhalb der Zeit ... Ich arbeitete für eine Kunstzeitschrift ... man hatte mich aufgefordert, einen Maler zu interviewen ... Calluig ... einen Katalanen, mit dem ich zu der Zeit viel auf Achse war ... Ich rufe ihn an ... wir verabreden uns für den darauffolgenden Tag ... und in dem Moment, als ich auflegen will, sagt er: »Ich habe gerade ein hübsches Mädchen an der Angel ... Bring doch auch eins mit ... Wir werden versuchen, uns zu arrangieren ...« Ich rufe Lucienne an ... eine Freundin ... Am nächsten Tag treffen wir uns in einer dieser verschwiegenen Straßen ... dichtbelaubt ... mit feuchtem Pflaster ... sogar im Sommer ... am Park Montsouris ... wo sich das Atelier

befindet. Der Meister selbst öffnet uns die Tür ... Calluig ... der große schwärzliche Teufel ... seiner Gewohnheit entsprechend mit nacktem Oberkörper ... mager oben herum, wabbeliger Bauch ... sehr behaart ... ein rotes Tuch über der Stirn geknotet ... Hinter ihm steht ein schlankes Mädchen ... halblanges Haar ... geistesabwesend ... Sie trägt ein langes Kleid aus rohweißer Baumwolle ... bis zum Kragen zugeknöpft ... eng anliegend ... ihre Beine sind entblößt... die Füße nackt... Wir treten ein.
»Lucienne.« – »Eva.« – »Hallo.« – »Hallo.« – »Eva ist Schwedin.« – »Entzückt.« Calluig nimmt meinen Arm und zeigt mir seine letzten Malereien, während die Mädchen, die sich bereits mit leiser Stimme unterhalten, Tee zubereiten. Calluig gehört der Gruppe Support-Surface an. Zur Zeit polemisiert er gegen die Verfechter der Art Corporel, die ihre Arbeit auf der Leinwand durch »Performances« vor Publikum ersetzen. Ich mache mir Notizen. Die Mädchen kommen herein. »Der Tee ist fertig.« Wir nehmen den Tee auf einem Diwan ein, dann eröffnet Calluig: »Also, meine Damen ... Was halten Sie davon, wenn wir uns jetzt ein wenig auf die Balustrade begeben ...?«
Auf halber Höhe des Ateliers verlief eine Art Zwischengeschoß, auf das man über eine vertikal an der Wand befestigte Leiter aus gelacktem Holz gelangte. Das junge Mädchen stieg behende als erste hinauf, ihr folgten Lucienne, dann ich und schließlich Calluig. Das Zwischengeschoß befand sich dicht unter der Decke, man konnte sich nur gebückt darauf bewegen. Die Planken waren mit Teppichboden ausgelegt. Rechts und links, durch ein Gäßchen von einem halben Meter getrennt, lag

jeweils eine große Matratze, darauf in einem wilden Durcheinander Felldecken, Kissen, Seidentücher. Das junge Mädchen legte sich sogleich auf das linke Bett und öffnete den Kragenknopf. Das Kleid ließ sich von oben bis unten öffnen. Ich erhaschte einen Blick auf den weißen Körper. Calluig zog sich aus, legte sich neben sie, nahm sie. Er gab ein Röcheln von sich. Sie sagte nichts. Lucienne räkelte sich erregt auf der rechten Matratze. Ich setzte mich auf den Rand, wandte mich ihr zu, streckte die Hand nach ihrem Mieder aus; ich fühlte mich unbehaglich, kalt wie ein Eiswürfel. »Oh, diese Bestie!« sagte Lucienne und sah Calluig zu, wie er das Mädchen bearbeitete. Mit einer raschen Bewegung befreite sie sich von ihrer Bluse, ihrem Rock, lag da in ihrem weißen Büstenhalter, der die Spitzen ihrer Brüste freigab, in weißen Strümpfen und weißem Strumpfhalter, ohne Slip. »Machen wir's nun oder nicht?« fragte sie. Ich wollte ihr gerade antworten, als ich etwas auf meinem Nacken verspürte. Ich drehte mich um. Die Schwedin sah mich an. Sie hatte sich ein wenig schräg zu Calluig gelegt, der sie mit schnell aufeinanderfolgenden, dann wieder langsamen Stößen durchbohrte, ein Experte, der die Kunst der Sinnenlust beherrschte; währenddessen sah sie über die Schulter des Malers hinweg zu mir herüber, völlig ruhig, als sei ihr Kopf von ihrem Körper getrennt. Ich werde diesen Blick nie vergessen. Er war grau, eng, intensiv. Er schien mich zu rufen, zu provozieren, eine Frage zu stellen, die sich nicht in Worte fassen ließ. Das Ganze dauerte eine Ewigkeit, eine Sekunde. Calluig riß sich brüsk von ihr los, ich hörte das dem Saugen entgegengesetzte Geräusch des Schwanzes, der sich aus

dem Geschlecht losriß; er hatte sich zurückgehalten, war nicht gekommen, nun drehte er sich zu uns um, die dunkle, gekrümmte, pulsierende Rute, von deren Spitze ein paar hauchzarte, glitzernde Fädchen herabhingen, hochgestreckt, fragte, ohne mich zu sehen: »Tauschen wir?« und begab sich zu Lucienne. Ich machte ihm Platz. Ein vor Begierde verzerrtes Grinsen auf dem Gesicht, die Lippen halb geöffnet, dabei aber die Zähne aufeinandergebissen, wand sie sich auf dem Rücken wie eine weiße Larve zum Rand der Matratze. Ich setzte mich zu der anderen jungen Frau hinüber. Sie sah mich durch die Wimpern hindurch aus halbgeschlossenen Augen an, aber der Blick, den sie mir einen Moment vorher zugeworfen hatte, war erloschen. Sie bewegte sich nicht, lag da, wie Calluig sie zurückgelassen hatte, auf dem Rücken, die Arme gekreuzt, die Beine geöffnet; sie hatte nach Atem gerungen, jetzt keuchte sie nicht mehr, atmete langsam, kraftvoll, ich sah, wie ihr Bauch sich aushöhlte, wieder füllte, aber mein Blick kehrte zwischen ihre Beine zurück, zu dieser rosa Spalte ... Hatte den Eindruck, eines jener Tiere zu sehen, die mit aufgeplatztem Bauch und herausquellenden Därmen, aber noch zuckend, noch lebend am Straßenrand liegen. Ihre Augen suchten die meinen. Sie sagte: »Kommen Sie?« Ich schüttelte den Kopf. Abrupt setzte sie sich halb auf und legte sich ihr Kleid um.
Ich versuchte zu lächeln, aber es gelang mir nicht. »Na, wenn alles zu Ende ist, gehe ich ins Badezimmer.« Sie stand auf und kletterte die Leiter hinab. Eine halbe Stunde später hatten wir das Atelier verlassen. Auf dem Weg die Straße hinunter sagte ich zu Lucienne: »Ich weiß, daß es

sich nicht gehört, aber ich wüßte zu gern, wo dieses Mädchen wohnt; dann würde ich versuchen, sie ohne Calluig wiederzusehen. Hat er dich nach deiner Telefonnummer gefragt?« – »Nein.« – »Ist mir schnuppe, ich werde trotzdem versuchen, sie wiederzusehen.« Eigentlich ist es bei dieser Art von Beziehungen in Paris nicht üblich, daß man versucht, die Frauen, die sich so dargeboten haben, wiederzusehen. Es ist ein gesellschaftliches Tabu, das zu respektieren jeder bemüht ist. Lucienne zögerte. »Was machen wir?« – »Wir gehen in dieses Café und warten. Wenn sie nach einer Stunde nicht erschienen ist oder wenn wir sie zusammen mit Calluig herauskommen sehen, ist die Sache erledigt und ich komme morgen wieder hierher. Wenn sie allein herauskommt, mußt du mit ihr sprechen.« – »Du bist verknallt, was?« – »Ich weiß nicht ... Es ist die Art, wie sie mich angesehen hat ...« – »Habt ihr euch geliebt?« – »Nein.« – »Dann bist du wirklich verknallt!« Wir begaben uns in ein kleines Café an der Straßenecke und überwachten Calluigs Haus. Lucienne trank ein Glas Champagner. Sie war mit dem Verlauf ihres Nachmittages zufrieden, schnatterte munter drauflos. Nach einer Viertelstunde sahen wir die junge Frau herauskommen. Sie trug einen amerikanischen Militär-Trenchcoat mit aufgestelltem Kragen. Ihr Haar hatte sie in den Kragen gesteckt. Von ihrem Gesicht war nichts zu sehen. Sie bog nach rechts in eine Seitenstraße ab und ging in Richtung Denfert-Rochereau. »Geh bitte und versuch sie zurückzuholen«, sagte ich zu Lucienne. Lucienne verließ das Café und holte schnellen Schritts das junge Mädchen ein. Sie sprachen einen Augenblick miteinander, mir kam es ewig lange vor, dann kehrte Lucienne ins Café zurück, während sich das junge Mädchen, ohne zurückzublicken, entfernte. Ich spürte, wie mein Herz sich zusammenzog. »Du bist totenblaß«, sagte Lucienne. »Sie ist Au-pair-Mädchen im 16. Arrondissement. Sie wollte mir weder ihre Adresse noch ihre Telefonnummer geben, aber sie wird übermorgen um fünf Uhr in der Konditorei Carette an der Place du Trocadéro sein.« – »Wie hat Calluig sie kennengelernt?« – »Er hat sie auf der Straße angebaggert.« – »Hast du Lust, daß wir uns zusammen mit ihr treffen?« – »Wenn du willst.«

ICH FUHR LUCIENNE zu ihrem Haus in der Nähe des Panthéon, parkte den Wagen auf dem Platz und ging zu Fuß hinunter zur Rue de la Seine, wo sich die Redaktion der Zeitschrift befand; ich wollte meinen Artikel tippen und ihn gleich der Redaktionsassistentin übergeben. Die Nacht brach herein. Die Straßen waren schwarz vor Menschen. Ich hatte das Bedürfnis, ein paar Schritte zu gehen. Vor der »Palette« traf ich Frank Rudler, den Besitzer der berühmten Galerie, für dessen Kataloge ich meistens das Vorwort schrieb. »Guten Abend«, begrüßte ich ihn, »gerade war ich bei jemandem, der sich ziemlich über Sie beschwert.« – »Und wer ist das?« – »Calluig.« – »Calluig? Der spinnt doch! Ich habe alles mir mögliche für ihn getan und tue es weiterhin, aber ich werde doch nicht ernstlich in Betracht ziehen, daß die Kunst beim Support-Surface enden könnte!« – »Er behauptet aber, daß die Art Corporel, um die Sie sich seit einiger Zeit so sehr bemühen, keine Kunst sei.« – »Und was ist dann bitte sehr Kunst? Kommen Sie, ich will Ihnen etwas zeigen.« Er bat mich in seine Galerie, die etwa zwanzig Schritte entfernt war. Die Rolläden waren heruntergelassen. Der Raum wurde von einigen Spots erhellt. Gegen die hintere Wand gelehnt stand eine

Art drei Meter hohe, vernickelte Leiter, deren in Abständen von zwei, drei Zentimetern angebrachte Sprossen aus dünnen Stahlklingen mit lanzettförmigen Spitzen bestanden. »Fassen Sie mal an«, forderte er mich auf. Ich legte einen Finger auf eine der Klingen, sie war scharf wie ein Rasiermesser. »Wozu soll dieses Objekt gut sein?« – »Gina Pane hat vor, es übermorgen, am Mittwoch um fünf Uhr, mit nackten Händen und Füßen zu besteigen. Versuchen Sie zu kommen.« – »Sie wird sich verstümmeln.« – »Sie hofft, unversehrt zu bleiben, wenn sie sich schnell genug bewegt.« – »Werden Fotografen da sein?« – »Natürlich.« Besagte junge Frau italienischer Abstammung gehörte zu den »Performance«-Künstlern, die im Namen der Art Corporel ein-, zweimal im Monat bei Rudler eine außergewöhnliche, oft auch grausame Aktion öffentlich vorführten. Der Körper war nicht mehr nur das Instrument für die Kunst, er war zum Objekt selbst geworden. Man hatte gesehen, wie Journiac aus seinem eigenen Blut eine menschliche Wurst hergestellt und unverzüglich verzehrt und dazu das Publikum eingeladen hatte, zu den alten Riten einer lateinisch gehaltenen Messe die Kommunion zu empfangen; man hatte gesehen, wie Orlan sich die Lippen mit einem Skalpell aufschneiden ließ und dazu aufforderte, seinen blutenden Mund zu küssen; wie Gina Pane selbst, in einer Reihe von Aktionen, bei denen sie ihren Körper Stück für Stück zu opfern schien, einmal mit gesenktem Kopf über einem auf dem Boden liegenden Spiegel kniete und, in der rechten Hand ein Rasiermesser, die andere an ihre Augen geführt, sich ohne zu schwanken die vier Augenlider abschnitt, während das Blut auf den

Spiegel rann und ein Blitzlichtgewitter losbrach. »Vielleicht werde ich kommen.« – »Ich möchte Sie darauf hinweisen, daß sie es nur einmal machen wird!« – »Sie wird noch anderes machen.« – »Bis zu einem gewissen Punkt, meiner Meinung nach«, sagte Rudler mit einem seltsamen Lächeln.

An jenem Mittwoch nachmittag hatte ich etwas anderes zu tun, als Gina Pane – mit der ich später in Freundschaft verbunden sein sollte – zuzusehen, wie sie die scharfklingige Leiter emporkletterte und sich dabei drei Finger und einen halben Fuß abtrennte. Aber einige Jahre später, als ich von ihrem Selbstmord erfuhr, mußte ich an Rudlers seltsames Lächeln denken und an das, was er mir gesagt hatte.

Ich schrieb ein paar Worte der Anteilnahme an Rudler. »Vergangenen Monat traf ich Gina. Sie erzählte mir von ihrer Arbeit. Ich fand sie fröhlich und entspannt. Eine solche Geste hätte ich nicht von ihr erwartet. Ich bin bestürzt.« Er antwortete mir: »Vielen Dank für Ihren Brief. Ich kannte sie seit langem. Ich denke, das, was da geschehen ist, war von langer Hand vorbereitet. Ihre Entscheidung hatte ihr nichts von ihrer Fröhlichkeit genommen, das stimmt. In einer Welt, in der niemand mehr etwas gibt, gibt der Künstler alles. Sie hat ein Foto für Sie hinterlassen.«

Ich begab mich zur Galerie. Es war ein einfaches Foto, aufgenommen während einer der Performances. Sie lag auf den Knien, ganz in Weiß, den Kopf im Nacken, den Mund weit geöffnet, ebenso die Augen, und leerte hastig ein Glas Milch. Doch an dem Tag hatte sie vor Publikum nicht ein

Glas Milch hinuntergestürzt, sondern zweihundertsiebenundvierzig, bis sie von einem Brechreiz gepackt wurde, der sie halb tot zu Boden warf. Über ihrer Signatur stand eine Widmung: »Danach.«

AM ÜBERNÄCHSTEN TAG trafen wir Eva in der Konditorei am Trocadéro. Nachdem wir Tee getrunken hatten, begaben wir uns in das kleine Hotel »La Résidence« in der Rue Saint-Didier, wo die Zimmer stundenweise vermietet wurden. Die Zimmer waren nicht numeriert. Sie trugen Blumennamen auf kleinen Emailleplaketten. Es gab Flieder, Kornblumen, Vergißmeinnicht, Veilchen und so weiter, und die Wände waren vollständig, die Decke eingeschlossen, mit Blumentapeten versehen. Wir bekamen das Zimmer mit den blauen Hortensien und hatten das Gefühl, uns in eine Riesenschachtel voll von diesen Blumen zu begeben. Ich bestellte eine Flasche Champagner. Eva zog ihren Trenchcoat aus, legte sich auf das Bett und wartete. Sie trug ihr langes Kleid aus rauher Baumwolle ohne Gürtel. Ihr Gesicht war sehr weiß, die Wimpern waren schwarz getuscht, die Augen mit einem Lidstrich bis zu den Ohren verlängert. Lucienne setzte sich neben sie und knöpfte das Kleid auf, darunter war Eva nackt. Lucienne beugte sich vor, küßte die Brüste, glitt etwas tiefer, küßte den Bauch. Eva spreizte die Beine. Ich setzte mich neben sie, in Höhe ihres Gesichts, und versuchte sie dazu zu bringen, ihre Nase in meinen Hosenschlitz zu stecken, aber sie wandte den Kopf ab. Ich hatte keinen Steifen. Ich ließ eine Hand in Luciennes Haar gleiten und kraulte ihren Schädel. Lucienne saugte voller Ungestüm und keuchte. Ich betrachtete die blauen Hortensien an den Wänden, die blauen Hortensien an der Decke, die blauen Hortensien auf den Vorhängen und stellte mir vor, wir wären als blaue Hortensien verkleidete Zwerge in einem Aquarium voller blauer Hortensien, damit beschäftigt, einem einsiedlerischen Gott, dessen Auge uns, versteckt in einer der blauen Hortensien an der Decke, zusah, eine gewagte Vorstellung darzubieten. Eva stieß einen kleinen Schrei aus. »Du hast mich gebissen!« Lucienne hob den Kopf, gerötet vor Vergnügen. »Du bist naß, als hättest du Suppe vergossen«, entgegnete sie. Mit dem Handrücken wischte sie sich über den Mund. Eva sah auf ihre Uhr. »Ich muß los, ich habe eine Verabredung.« Sie stand auf und ging ins Bad. Fünf Minuten später erschien sie wieder, streifte ihren Trenchcoat über. »Nächsten Mittwoch zur selben Zeit?« fragte ich mit heiserer Stimme, so sehr befürchtete ich, Eva würde antworten: »Ich weiß nicht.« Aber sie sah mich ernst an und entgegnete: »Okay.« Sie machte Lucienne ein kleines Zeichen mit der Hand und ging hinaus. »Nicht schlecht«, sagte Lucienne. Dann wandte sie sich mir zu: »Willst du, daß ich dir einen blase?« – »Da wir nun schon einmal dabei sind ...« Ich zog Hose und Slip aus, um es bequem zu haben, und setzte mich wieder auf die Bettkante. Lucienne kam auf allen vieren näher. Sie öffnete ihre Bluse und holte mit der rechten Hand ihre Brüste unter dem Büstenhalter hervor. »Glaubst du, daß der liebe Gott dich sieht?« fragte ich. »Er ist es doch, der mich geschaffen hat, oder?«

Wenig später schlief ich ein. Als ich wieder erwachte, war Lucienne gegangen. An einer Ecke des Bettes hatte sie ein bekritzeltes Stück Papier zurückgelassen. »Träum schön. Ich werde dem Mann an der Rezeption unten sagen, daß du eine Stunde länger bleibst.« Aus dem Nebenzimmer drangen Geräusche. Ich hielt mein Ohr an die Wand. Trotz der Isolierung konnte ich die schrillen Stimmen von Briten ausmachen, dann das Gelächter feiner Leute. Auf dem Flur waren Schritte zu hören. Ich ging hinüber zum Fenster, zog die Vorhänge mit den blauen Hortensien auseinander. Ich sah, wie drei Männer und zwei Frauen das Hotel verließen. Sie wurden von einer schwarzen Limousine mit Diplomatenkennzeichen verschluckt. Ich ging hinunter, um das Zimmer zu bezahlen. Auf der Treppe las ich ein kleines, parfümiertes, fein besticktes Taschentuch mit den Initialen S. C. auf. »Hier«, sagte ich zu der Dame an der Kasse, »ich habe dieses Tuch auf der Treppe gefunden.« – »Vielen Dank, Monsieur. Es gehört sicherlich einer unserer Kundinnen.« – »Einer der Engländerinnen?« – »Das weiß ich nicht«, erwiderte sie mit verärgerter Stimme.

Ich ging hinaus. Die Sonne schien. Am darauffolgenden Mittwoch begab ich mich erneut mit Lucienne zu Carette. Wir warteten eine gute Stunde. Keine Eva. Am Mittwoch darauf dasselbe. »Ich bin ja nicht verknallt«, sagte Lucienne, »ich werde nicht wiederkommen. Falls du mal Spaß haben willst, laß es mich wissen.« Am dritten Mittwoch wartete ich, ohne mit der Wimper zu zucken, von fünf bis neun Uhr und stopfte mich dabei mit Kuchen und Tee voll. Niemand. In den darauffolgenden Tagen streifte ich um den Parc Montsouris, erblickte Calluig, einmal allein, ein anderes Mal mit einem Mädchen. So ging es vier, fünf, sechs Wochen. Ich hatte die Nase vom Warten gestrichen voll. Von all dem Kuchen war ich schon ganz aufgebläht. Am siebten Mittwoch Punkt fünf Uhr, ich hatte gerade meinen Platz ganz hinten bei Carette eingenommen, sah ich Eva hereinkommen. Sie trug ihren amerikanischen Trenchcoat mit hochgestelltem Kragen, in dem ihr Haar steckte. Ihre Augen richteten sich unverzüglich auf mich, und obwohl sie im Gegenlicht stand, spürte ich, daß sie mir denselben grauen, intensiven Blick unter ihren Lidern hervor zuwarf wie sieben Wochen zuvor schon einmal bei Calluig. Evas Gesicht folgte diesem Strahl, und schon war sie dabei mich zu küssen, als würde die Erde in fünf Minuten explodieren!

Dieser Kuß, den Eva mir in der Folgezeit noch so viele Male geben sollte, war kein wollüstiger Kuß. Es war nichts Erotisches. Es war etwas Rohes, Bestialisches, ein Mund-zu-Mund-Kontakt, durch den man jemandem nicht Vergnügen zu bereiten sucht, sondern eher starke Nahrung einflößt – Fleisch, tierisches Fleisch, das Leben selbst. Ich weiß nicht, wie sich die Dinge zwischen Eva und anderen Leuten abspielten, wenn sie zum erstenmal einen solchen Kuß bekamen; manche mochten davon angewidert sein, ich aber habe niemals versucht, dem zu widerstehen. Ich habe diesen Kuß vom erstenmal bei Carette an als solchen angenommen, habe meinen Mund weit geöffnet ... Habe hingenommen, daß diese große Zunge gänzlich in mich

hineinglitt und sich in mir bewegte. Eva hatte ein schmales Gesicht, einen langen Hals, einen großen Mund, eine große, breite, lange, muskulöse, geschmeidige Zunge, die imstande war, sich zu verlängern, sich zusammenzuziehen, sich auszubreiten, sich einzurollen, sich spitz oder flach zu machen, sich zu krümmen ... die sich zu allem eignete ... die man lecken, saugen, beißen, einsaugen, mit der eigenen Zunge liebkosen konnte ... eine Zunge, die deine eigene Zunge wie einen Eindringling behandelte ... die versuchte sie zurückzuweisen ... sie zu verdrängen ... sie dir in den Schlund zu rammen.
Manchmal wurde Evas Zunge nach einem dieser erschöpfenden Küsse, die gut eine Stunde lang andauern konnten, plötzlich wieder friedlich, erschlaffte, schien von Schlaf umfangen zu werden, wie man nach dem Liebesakt von Schlaf umfangen wird. Dann sagte ich mir, daß Eva ihren Spaß gehabt hatte. Ihre Zunge verlängerte sich ungeniert in deinem Mund, machte es sich gemütlich, bereitete dort ihr Bett zwischen Gaumen und Zähnen, schlief ebenso friedlich, als wäre sie bei sich zu Hause. Heutzutage küssen sich die Leute kaum. Man will gleich den ganzen Körper, will ihn vollständig, und wenn man ihn gehabt hat, interessiert einen ein Kuß nicht mehr. Huren küssen nicht. Sie behalten den Mund ihrem Herzensgeliebten vor. Der heutige Liebesakt ähnelt dem mit Huren. Ich habe bei Orgien erlebt, wie Frauen sich von dreißig Männern nehmen ließen und eine ganze Nacht lang ihren Spaß hatten, ohne die Zähne auseinander zu bekommen. Ich habe andere gesehen, die, über Tische gelegt, ihren Mund den Schwänzen öffneten, die die Männer hineinrammten, und

mit aller Kraft zu saugen begannen, den Mund aber rasch wieder schlossen und den Kopf wegdrehten, wenn dieselben Männer sie zu küssen versuchten. Eva und ich haben lange Zeit nichts anderes getan, als uns zu küssen. Ungefähr ein Jahr lang, glaube ich, haben wir uns nicht einmal entkleidet. Ich sah sie nie wieder so, wie ich sie an jenem ersten Tag bei Calluig gesehen hatte. Sie kam zu mir, gab mir ihren Atem, ihre Zunge. Wir schlossen die Augen. Wir verschmolzen zu einem hitzeverströmenden Ding.

RATTENSCHNÄUZCHEN führte Phil Stennay ins Büro. Der Raum umfaßte hundert Quadratmeter. Der Fußboden war mit dunkelrotem künstlichen Fell ausgelegt, die Wände waren mit leuchtend rotem Verlours verkleidet, auf dem ein Dutzend moderner Gemälde hing, angestrahlt von Spots auf parallel an der Decke verlaufenden Aluminiumschienen. Die Lamellen der Jalousien, die das Panoramafenster im Hintergrund bedeckten, waren halb heruntergelassen; man konnte die Bäume im Central Park erkennen. Mrs. Hoolingwer stand aufrecht hinter ihrem langen Arbeitstisch, die Hüfte seitlich gegen die Ebenholzplatte gelehnt. Sie trug das eng anliegende schwarze Kleid vom Vortag, schwarze Strümpfe, schwarze Pumps; sie hielt ihre Arme parallel zum Körper, die Hände gefaltet unter der Tischkante. Sie trug nicht mehr dieselbe Frisur wie am Tag zuvor: Mittelscheitel, zu Schnecken eingerollte Zöpfe. Ihr rotgoldenes Haar war gelöst.

Nachdem er eingetreten war, blieb er eingeschüchtert stehen. »Hallo, Phil«, sagte sie, ohne sich auch nur um Haaresbreite zu bewegen. Sie streckte ihm nicht die Hand entgegen, er blieb wie angewurzelt fünf Schritte von ihr entfernt stehen. Er war in seiner gewöhnlichen Kleidung zu der Verabredung erschienen, Bluejeans und T-Shirt, hatte aber Hemd und Krawatte sowie einen marineblauen Blazer übergezogen. Erleichtert hört er, wie sie ihm geschäftsmäßig mitteilte: »Ich habe eine gute Neuigkeit für Sie, bezüglich des Films. Ich habe mit Hackenbrush gesprochen. Er ist einverstanden.« – »Nicht möglich!« Hackenbrush war einverstanden! Was für ein Sieg. Phil würde viel Geld verdienen. Er würde sich mit Rima aussöhnen. Francesco Polo würde sagen: »*Ich* habe diesen jungen Kerl ausgebildet«, und wer weiß, vielleicht würde er sogar anläßlich seiner baldigen Reise nach Hollywood – zur Premiere des Films beispielsweise – aufgefordert werden, am Eingang der Studios in einer Bodenplatte aus frischem Zement seinen Schuhabdruck zu hinterlassen wie so viele Stars vor ihm! Er lächelte Mrs. Hoolingwer zu und entblößte dabei vor Freude eine Doppelreihe großer, blendend weißer Zähne bis zum Zahnfleisch. Sie schauderte; sie, die Kühle, konnte sich der Vorahnung nicht erwehren, daß diese großen, weißen Zähne einen Augenblick später ihre Lippen, ihren Hals, ihre Schultern, ihre Brust, ihr Herz verschlingen würden. Fünf Minuten später liebten sie sich an Ort und Stelle, auf dem Teppichboden. Fünf Tage später waren sie Mann und Frau.

In Anbetracht dieser Neuigkeit verfiel Rima in eine Depression. Sie vernachlässigte ihren Schauspielunterricht. Vergeblich flehte Francesco Polo sie an, ihre Arbeit als Schauspielerin fortzusetzen, schlug ihr sogar vor, sie als Assistentin für die Anfängerkurse einzustellen ... Es war nichts zu machen. Sie wollte nichts mehr von diesem Beruf hören, er hatte ihr Leben zerstört. »Der schönste Beruf der Welt! Du bist erst zwanzig! Du wirst noch anderen Verrat kennenlernen ... und andere Liebschaften!« rief der gute Italiener, der außer sich war. Sie hatte nächtelang von einem Leben mit Stennay geträumt und wollte kein anderes. *Village Voice* veröffentlichte ein Foto, das die strahlende Mrs. Hoolingwer und den strahlenden Phil Stennay zeigte: Sie hatten gerade geheiratet und begaben sich auf Hochzeitsreise zu den Dreharbeiten für Jimmy Hackenbrushs neuesten Film, in dem Stennay eine der Nebenrollen ergattert hatte. Es war Mrs. Hoolingwers sechste Heirat, und das Blatt verglich sie mit einer legendären Millionärin, die neunmal geheiratet hatte. Allerdings, bemerkte der Berichterstatter recht tückisch, hatte jene Millionärin immer reichere Männer geheiratet, während Mrs. Hoolingwer sich mit immer besser aussehenden zu begnügen schien.

Auf dem Foto erschien die Braut angespannt, flach wie ein Teller, ganz Zähne, gekleidet in Schwarz, die Haare in Schneckenform über den Ohren aufgesteckt. Phil Stennay, kurz geschoren, athletisch, gebräunt, ganz in Weiß, lächelte, daß ihm die Kiefer krachten. Sie sahen beide nach dem aus, was sie waren: Yankees. Nachdem Rima den Artikel in ihrem Zimmer gelesen hatte, fühlte sie sich entsetzlich italienisch, klein wie sie war, mit dem dunklen Teint, den auffälligen Kleidern, dem langen, schwarzen Haar und den großen Brüsten. Sie nahm eine Schere, beschnitt ihre Fingernägel bis tief ins Leben, so daß alle zehn Finger bluteten, schnitt willkürlich durch ihr langes Haar und stutzte, nachdem sie das Vorderteil ihres Kleides zerschlissen und die Brüste unter dem Büstenhalter hervorgeholt hatte, ihre Brustwarzen. Dann ließ sie sich auf die Dielen fallen. Durch den Lärm aufgeschreckt, kam ihre Mutter hochgelaufen und fand sie wimmernd, sich auf dem Boden krümmend vor; das Zimmer ein einziges Durcheinander, Blutspuren überall. Harriet hielt sich an dem Nachmittag in New York auf. Sie hatte eine Ausstellung medjertinischer Fetische in Soho besucht und sich dann von einem Taxi nach Little Italy bringen lassen, um frische Pasta einzukaufen, als ihr Auge plötzlich auf das Schild »Alla Bella Cosina« fiel; es erinnerte sie an jene glühende Stadt in Kalabrien, wo sie einst mit einem schwarzen Studenten, den sie zufällig während einer Europareise kennengelernt hatte, einige romantische Tage verbrachte, und sie wollte gerade den Laden betreten, als genau vor ihr ein Krankenwagen mit lautem Sirenengeheul zum Stehen kam. Zwei Krankenpfleger sprangen heraus. Kaum eine

Minute später tauchten sie wieder auf, vorsichtig eine Bahre tragend, auf der ein bewußtloses junges Mädchen lag, oberhalb des Lakens, das den mageren Körper verhüllte, war ein totenbleiches, blutverschmiertes Gesicht zu sehen. Eine dicke, in Tränen aufgelöste Italienerin lief hinterher. Man ließ die Bahre in den Krankenwagen gleiten, schloß die Heckladeklappe und fuhr mit erneut aufheulender Sirene davon. Harriet trat zu der Mama, die kurz davor war zusammenzubrechen. Sie half ihr zurück in ihren Laden, flößte ihr ein Glas Grappa ein, bemühte sich, sie zu trösten, und versuchte die Geschichte zu erfahren. Viel konnte ihr die gute Frau nicht erzählen: Sie hatte nur eine Tochter, die Theater spielte, die jedoch abrupt damit aufgehört und die sie jetzt blutüberströmt in ihrem Zimmer vorgefunden hatte. Gott allein und die heilige Jungfrau mochten wissen, warum! Der Ehemann kam hinzu, fiel aus allen Wolken, er kehrte gerade von einer seiner Dominopartien zurück. »Könnte es nicht eine Enttäuschung in der Liebe sein?« fragte Harriet. »Nein, nein«, erwiderte Mrs. Menatti, »meine Tochter ist nicht offiziell verlobt, sie hat nur Umgang mit einem jungen Mann, der Theater spielt; er ist zwar sehr nett, aber wir hoffen, daß sie sich von ihm trennt, denn wir möchten, daß sie einen Italiener heiratet.« Ihrem Ehemann erzählte sie keine Einzelheiten, sondern teilte ihm lediglich mit, Rima habe einen Schwächeanfall erlitten. Das Telefon klingelte, ein Anruf aus dem Krankenhaus, demzufolge der Zustand des jungen Mädchens zufriedenstellend sei, die Verletzungen nicht so schwer, wie man befürchtet hatte, in acht Tagen werde sie wieder nach Hause kommen können. Mrs.

Menatti umarmte Harriet und beschloß, in der Kapelle der Santa Madonna di Repellito, Ecke Third Avenue und 31. Straße, eine Weihekerze zu entzünden. Harriet kaufte im Nachbarladen einen kleinen Blumenstrauß und begab sich zum Krankenhaus.

ALS HARRIET AUF DEM FLUGHAFEN von Nairobi gelandet war, erklärte ihr der mit der Paßkontrolle beauftragte Beamte, nachdem er eine Namensliste durchgesehen hatte, daß ihr Reisepaß auf höheren Befehl einbehalten werden müsse und ihr nur im Außenministerium persönlich wieder ausgehändigt werden könne. Erstaunt wollte sie Näheres wissen, doch vergeblich. Der Beamte konnte ihr nichts Genaueres mitteilen. Er stellte ihr eine Bescheinigung aus. Eher irritiert als beunruhigt, nahm sie ein Taxi zum Außenministerium, denn sie kannte einen kenianischen Diplomaten, der, wie so viele Beamte Afrikas, einer ihrer Kommilitonen in Harvard gewesen war und bei dem sie davon ausging, daß er ihr aus der Klemme helfen würde. Sie rief Luther M'Bellah an. Er war Leiter der Zentralverwaltung. Er empfing sie, kaum daß sie gemeldet war, und schloß sie in die Arme.

Er entschuldigte sich für das, was vorgefallen war. Als er Harriets Namen unter den amerikanischen Visagesuchen entdeckte, habe er zu diesem etwas unfeinen Mittel gegriffen, um sicherzugehen, daß er sie sehen würde. »Aber wozu um Gottes willen dieses ganze Theater?« sagte sie. »Es hätte genügt, mir eine Nachricht zukommen zu lassen.

Ich hätte mich entweder gleich nach meiner Ankunft oder aber vor Antritt meiner Rückreise mit Ihnen getroffen.« – »Genau deswegen sah ich mich genötigt, Sie Ihren Paß hier abholen zu lassen«, entgegnete der Diplomat. »Das, was ich Ihnen mitzuteilen habe, hätte nicht bis zu Ihrer Abreise Zeit gehabt.« Er offenbarte ihr, daß eine geheimnisvolle Krankheit sich seit sechs Monaten über diesen Teil Afrikas ausbreitete. Eine tödliche Krankheit, eine Art Krebs, die sich über den Sexualakt zu verbreiten schien. »Seltsames Mittel«, sagte Harriet. »Gesicherte Kenntnisse gibt es noch nicht ...« stellte der Diplomat klar. »Man ist bemüht, die Epidemie einzudämmen ... indem man die Kranken so gut wie möglich isoliert ... Vielleicht verschwindet die Seuche dann wieder, wie sie gekommen ist ... Man sieht hier so vieles!« Ein Polizist trat ein und brachte den Paß. Der Diplomat blätterte rasch die Seiten durch. »Ich stelle erleichtert fest, daß es über ein Jahr her ist, seit Sie zuletzt in Kenia waren. Sie sind also keinerlei Risiko eingegangen. Leider habe ich heute die Pflicht, Sie zu warnen und Sie aufzufordern, Ihren Aufenthalt hier zu verschieben, wenn es Ihnen möglich ist.« Er gab ihr den Paß zurück.

Harriet war erschüttert, aber nicht überzeugt. Sie bat M'Bellah, ihr mehr zu erzählen. Sie lud ihn zum Mittagessen in die Cafeteria des Hilton ein. Der Saal war klimatisiert. Harriet mußte sich einen Pullover überziehen. Musiker im Smoking spielten sanfte Klänge. Während M'Bellah genießerisch seinen Hummer in Blätterteig verzehrte, beschrieb er in allen Einzelheiten die Fakten, mit denen, wie er hoffte, die Wissenschaftler der ganzen Welt sich von

nun an beschäftigen würden. »Das ist unglaublich!« sagte Harriet. Afrika war ihr von allen Kontinenten immer als einer der gesündesten erschienen. Dort war der Tag noch Tag, die Nacht noch Nacht, und die Männer waren noch Männer. In den etwas abgelegenen Dörfern hatte das Essen einen Beigeschmack von Blut und Erde, und es hatte sie nie angewidert, davon zu essen, weil Blut und Erde fundamentale Elemente waren. Sie hatte sogar, ohne in Ohnmacht zu sinken, frisches Blut getrunken. Sie hatte das rohe Fleisch einer Antilope verzehrt, die einen Augenblick zuvor geschlachtet und von den Schwarzen mit Messern zerlegt worden war. »Wollen Sie sehen, was das Übel angerichtet hat?« fragte M'Bellah. »Nach dem Kaffee.« Sie warteten ab, bis die mittägliche Hitzeglut vorüber war, dann nahm er sie zur Besichtigung der anderen Seite der Schwarzenstadt mit, die man gewöhnlich »Medina« nannte und die aus einer Ansammlung ehemaliger Baracken der englischen Armee bestand, die man in Lazarette umgewandelt hatte. Dort waren zwei- bis dreihundert Leute in Gluthitze, Geschrei und Gestank zusammengepfercht. Harriet konnte keinen Schritt weitergehen. Voller Scham mußte sie ein Kleenex aus ihrer Handtasche ziehen und sich vor die Nase halten. »Was wird geschehen?« – »Kollektive Agonie«, erwiderte M'Bellah.
Der Diplomat hatte angenommen, daß Harriet, entsetzt von dem, was sie gesehen hatte, auf die Weiterreise verzichten würde, und ihr ein Zimmer im Hilton reserviert, damit sie am darauffolgenden Tag ein Flugzeug nach Paris nehmen konnte. Aber nachdem sie sich von ihm getrennt hatte, stürzte sich Harriet in die Medina, wie sie es bisher

immer getan hatte, um einen der Schwarzenbusse zu besteigen. Vier oder fünf solcher mit grellen Farben beschmierten Fahrzeuge standen auf einem freien Platz bereit. Sie trugen große, mit weißer Farbe aufgetünchte Nummern auf ihren auseinanderfallenden Karrosserien. Sie stieg aufs Geratewohl in die »9«, deren Sitze alle herausgenommen waren, und versuchte einen Platz zwischen den Menschen aus der Savanne zu finden, die mit großen Ballen, Kindern, Hühnern, Ziegen und schwarzen Schweinen reisten. So brachte sie eine zwanzigstündige Fahrt hinter sich, die in einem großen Hüttendorf am Fuße der Berge endete. Nachdem sie aus dem Bus gestiegen war, fiel sie ohnmächtig zu Boden. Die Frauen hatten Mitleid mit ihr und brachten sie in die Hütte, in der Schwangere behandelt wurden; dort dämmerte sie zwischen Leben und Tod vor sich hin.

Drei Wochen lang blieb sie dort. Sie lag da wie ein in die Ecke der Hütte geworfener Ledersack. Manchmal aß sie ein Stück Maniokfladen, sie trank verschmutztes Wasser und stand nur auf, um auf den fliegenverseuchten Latrinen ihre Bedürfnisse zu verrichten. Sie hockte zusammengesunken in einer Ecke, die Stirn an die Lehmwand gepreßt. Im Dorf wußte man, daß sie zurückgekehrt war, aber es hieß, das Übel, von dem die jungen Männer befallen waren, habe auch sie heimgesucht. Männer kamen, um sie furchtsam zu betrachten, die alten Frauen verscheuchten sie aus der Hütte. Man versuchte ihr Kamelmilch einzuflößen, die sie früher oft getrunken hatte, aber sie vertrug sie nicht und mußte sich erneut übergeben. Sie kratzte den Boden unter ihrer Matte auf, bis sie schließlich ein kleines Loch gegraben hatte, von dessen Boden sie mit dem Fingernagel etwas Erde löste. Sie formte eine kleine Kugel daraus, steckte sie in den Mund und kaute. Sie nahm die Kugel wieder aus dem Mund, sobald sie aufgeweicht war. Sie schlief lange. Ihr Geist schweifte umher. Eines Morgens fiel ihr auf, daß sie stank, und sie verließ die Hütte, um zur Flußniederung hinabzusteigen. Das Dorf schlief. Sie zog sich nackt aus, wusch sich in dem brackigen Wasser, wusch ihre Kleider. Niemand hatte ihre Tasche berührt. Sie zog sich um. Dann kehrte sie zur Hütte zurück, taumelnd, aber von dem Willen beseelt, abzureisen. Gegen Mittag, in voller Hitze, bestieg sie den Bus nach Nairobi.

BEI MEINER RÜCKKEHR NACH PARIS fand ich auf meinem Anrufbeantworter eine Nachricht von Lucien Veerbeeke vor, dem Chefredakteur von *24 Heures*, einem Magazin, das sich Verschiedenem widmete und für das ich gelegentlich ein paar Zeilen schrieb. Ich rief ihn zurück. »Seit acht Tagen laufe ich dir hinterher!« – »Ich war verreist.« – »Hast du Lust, dir zwanzigtausend Francs zu verdienen?« – »Natürlich!« Ich nahm ein Taxi und ließ mich in die Redaktion fahren. Veerbeeke empfing mich herzlich.
»Es geht um folgendes. Eine Geschichte, die sich in der Nähe meines Hauses in der Picardie abspielt. Eine Cousine meiner Mutter hat sie mir erzählt, eine Frau, die als Buchhalterin in einem Kloster in der Gegend arbeitet, denn die Hauptfigur in dieser Geschichte ist eine Nonne. Es ist eine noch virulente Geschichte, die vielleicht niemals auffliegen wird, aber etwas sagt mir, daß sie, sollte sie eines Tages auffliegen, großen Wirbel verursachen wird, und ich will der erste sein, der sie erzählt. Ich biete dir einen Vorschuß von zwanzigtausend Francs und werde vielleicht aufgerufen sein, dir ein neues Angebot zu machen, wenn du mir ein dreißigseitiges Manuskript ablieferst, an dem Tag, an dem die Affäre auffliegt.«

»Und wenn sie nie auffliegt?«
»Mein Risiko.«
»Und wenn sie erst in zehn Jahren auffliegt?«
»Wenn wir dann noch von dieser Welt sind, du und ich, schuldest du mir das Skript. Wenn du tot bist, oder ich, werde ich das Geld nicht von dir zurückfordern.«
»Warum fliegt die Geschichte nicht auf?«
»Das habe ich dir doch gesagt: weil sie meiner Meinung nach noch ganz am Anfang steht ... Im Augenblick ist es noch keine vorrangig kriminelle Angelegenheit ... sondern eine einfache Liebesgeschichte, die, wie gewöhnlich, zwei Leben durcheinandergebracht hat ... Vielleicht wird sich eines Tages alles regeln, aber nach dem wenigen, was man mir erzählt hat, ist das momentane Durcheinander im Wachsen und Gedeihen begriffen. Manche Geschichten haben etwas Krebsartiges an sich: Haben sie erst einmal angefangen zu wachsen, entwickeln sie sich in alle möglichen Richtungen, und nichts kann sie zum Stillstand bringen. Ich glaube, es handelt sich hier um eine Geschichte dieser Art.«
»Ein Roman sozusagen.«
»So etwas in der Art, nur daß es sich um eine wahre Geschichte handelt ... das am Rande! Machst du mit oder nicht?«
»Ich bin dabei.«
Er reichte mir einen Umschlag.
»Nimm diese Notizen. Ich habe sie eigenhändig angefertigt. Du wirst darin alles Wissenswerte finden, das du brauchst. Das Ganze muß ein absolutes Geheimnis bleiben. Ich werde dir auch gleich den Scheck geben.«

Er stellte einen Scheck über zwanzigtausend Francs aus und gab ihn mir. Ich schüttelte ihm die Hand und begab mich in das nächste Café, um den Inhalt des Umschlags zu lesen.

INNERHALB EINES MONATS war Rima wiederhergestellt. Harriet war fünf- oder sechsmal gekommen, um sie zu besuchen. Die beiden Frauen waren Freundinnen geworden. Harriets leicht zu entflammender Abenteurergeist gefiel der jungen Italienerin, die sich stets nur im Theater verwegen gezeigt hatte. Harriet bat sie inständig, den Schauspielunterricht wieder aufzunehmen, durch den sich der Weg zu einer offenbar vielversprechenden Karriere zu eröffnen schien, aber sie stieß auf taube Ohren: Rima wollte die Bretter nie wieder besteigen. Allzusehr fühlte sie sich gedemütigt. Sie wollte nicht das Risiko eingehen, bei einer Abendvorstellung plötzlich Mrs. Hoolingwer und ihrem Mann Auge in Auge gegenüberzustehen! Sie überlegte sogar, ob sie nicht New York verlassen sollte, um sicherzugehen, daß sie ihren Studienkollegen nicht begegnete, die ihr Los garantiert mehr oder weniger offen bedauern und sie somit zwingen würden, die Stunden, die sie mit aller Macht vergessen wollte, erneut zu durchleben. Harriet lud sie für ein paar Tage nach St. Andrew ein, aber Rima fröstelte dort. Daraufhin nahm Harriet sie mit nach San Juan, wo es ihr großartig gefiel. Sie fand dort die Wärme und das Licht wieder, die sie aus der Heimat ihrer

Kindheit kannte. Als sie eines Tages allein am Hafen spazierenging, fand sie vor den Felsen, die man an der Hafeneinfahrt zu einem Deich aufgeschüttet hatte, um den Booten ein sicheres Einlaufen in das stille Gewässer zu gewährleisten, angetriebene, vom Ozean geschwärzte und polierte Stücke Holz und sammelte sie auf. Sie nahm sie mit in die Calle del Sol, setzte sich, versehen mit Nägeln und Drahtfäden, auf die Terrasse und machte sich daran, Mobiles zu basteln. Sie gelangen ihr auf Anhieb. Sie waren luftig leicht, maßen zwischen einem und zwei Metern. Sie arbeitete jeden Tag daran. Harriet hängte sie nach und nach in verschiedenen Winkeln des Hauses auf, an den Decken, Balken und Rahmen der stets offenstehenden Türen. Wenn der Wind vom Meer hereinwehte, drehten sich die Mobiles langsam, klappernd um sich selbst und warfen große, vogelähnliche Schatten auf die weißgekalkten Wände.

AM SPÄTNACHMITTAG ging ich in Flensburg an Bord. Bei Anbruch der Dunkelheit lief die Fähre aus. Nachdem ich meine Reisetasche in der Kabine verstaut hatte, begab ich mich in den Speisesaal. Die Passagiere drängten sich um einen zwanzig Meter langen Tisch, auf dem ein imposantes Büffet angerichtet war. Ich aß ein wenig zu Abend und stieg dann aufs Oberdeck. Die Nacht war klar, das Meer ruhig. Das Schiff kam zügig voran. Der Mond stand in seinem ersten Viertel. Der Himmel war leicht bedeckt. Es waren nur wenige Sterne auszumachen. Man vernahm das regelmäßige Rumpeln der Maschinen und das wilde Geschrei der Möwen, die der Fähre folgten und auf den über Bord gehenden Abfall lauerten. Ich bat ein hochgewachsenes junges Mädchen in Jeanshose und -jacke, das gegen die Reling gelehnt eine Zigarette rauchte, um Feuer, und wir kamen ins Gespräch. Sie kehrte nach einer dreiwöchigen Fahrt durch Europa nach Schweden zurück. Ich fragte sie, wo ihre Kabine liege. Sie besaß keine Kabine, sondern nur einen einfachen Platz auf dem Deck. Sie hatte vor, in Malmö den Zug zu nehmen, falls sich dort kein Autofahrer fand, der sie ohne große Umstände als Anhalterin mit nach Stockholm nahm. Ich sagte ihr, daß ich mit dem Auto nach Stockholm führe, und lud sie ein mitzufahren, was sie gern annahm. Sie freue sich, mit einem Franzosen zu fahren; während ihres Ferienaufenthaltes in Paris habe sie ganz gut Französisch gesprochen, und wenn sie erst wieder in Stockholm sei, werde sie die Sprache bestimmt bald wieder vergessen, diese Sprache, die sie als so angenehm empfinde, vielleicht als die angenehmste, mit der einzigen Ausnahme Italienisch, das sie ebenfalls sprechen könne und gerade in Rom, woher sie jetzt direkt komme, praktiziert habe. Wir wechselten ein paar Worte in Italienisch. Sie schien sanft und voller Vertrauen. Ich unternahm einen Anlauf und fragte sie, ob sie nicht meine Kabine mitbenutzen wolle, da die Nacht recht kühl zu werden verspreche. Nein danke, sie habe ihren Schlafsack dabei und werde es sich auf einer der Bänke bequem machen, sobald sie Lust habe, sich schlafenzulegen. »Ihre Antwort erstaunt mich einigermaßen«, sagte ich und zog es vor, alles auf eine Karte zu setzen, anstatt mißverstanden zu werden, »ich dachte immer, Schwedinnen ließen keine Gelegenheit zu einer Liebelei aus?« – »Das mag stimmen, ist aber zur Zeit bei mir nicht der Fall; ich bin verliebt und könnte mich sicherlich nicht einfach so mit einem Unbekannten lieben, wie ich ein Glas Wasser trinke!« – »Warum ist Ihr Liebhaber nicht bei Ihnen?« – »Er ist verheiratet, wohnt in Stockholm und hängt sehr an seiner Frau. Ich habe kaum Gelegenheit, ihn zu sehen. Ich habe mich wie in einer Sackgasse gefühlt, deshalb habe ich diese Reise unternommen. Eine Woche habe ich in Paris verbracht und zwei in Rom, wo ich versuchte, mich etwas zu amüsieren. Ich hatte in Rom sogar einige Abenteuer, die mir

aber nichts Neues brachten, und jetzt kehre ich nach Schweden zurück und bin ebenso unentschlossen wie am Tag meiner Abreise.« – »Könnten Sie nicht mit mir machen, was Sie in Rom getan haben?« fragte ich. »Da die Schlacht ohnehin verloren scheint, dürfte Ihnen dies keine weiteren Probleme bereiten, und für mich wäre es enorm zuträglich!« – »Nein, nein«, sagte sie rasch, »was ich in Rom getan habe, habe ich eben in Rom getan; seit ich einen Fuß auf das Schiff gesetzt habe, bin ich in meine Geschichten zurückgefallen, da kann ich leider nichts für Sie tun!«
Sie erzählte mir, sie sei mit einem etwa zwanzigjährigen Jungen von der Piazza Navona liiert gewesen, der an seinem kleinen fahrbaren Verkaufsstand aufgeweichte Pizza verkaufte und mit seinem langen Hals, dem runden Gesicht, dem lockigen Haar, der krummen Nase und den großen schwarzen, unsteten Augen direkt einem Renaissancegemälde entstiegen zu sein schien. Sie hatte um elf Uhr morgens bei ihm eine Pizza gekauft und war ihm kurz nach dreizehn Uhr, als er seinen Stand verließ, um eine Siesta abzuhalten, gefolgt, um sich in der überhitzten Mansarde, in der er wohnte und die sich zwei Schritte entfernt unter dem Dach eines kleinen Hotels an der Piazza Rotonda befand, mit ihm zu lieben. Ich weiß nicht, ob die Geschichte sich wirklich so zugetragen hatte, aber sie erzählte sie mit solcher Natürlichkeit, daß ich ihr jedes Wort glaubte und plötzlich eifersüchtig auf diesen Italiener wurde, von dessen Existenz ich eben erst gehört hatte – vorausgesetzt, daß alles stimmte.
»Ein richtiger Stier!« fuhr das junge Mädchen fort. »Ganz im Ernst, brutal und linkisch wie ein Stier! Nach fünf

Minuten war er mit allem durch, rollte sich zur Seite und ließ seinen massigen Körper auf das Bett fallen. Im Handumdrehen hatte ich mich wieder angezogen und verließ sofort dieses erstickende Zimmer, um mich in mein Hotel zu begeben, wo ich dann eine Dusche nahm ... Eine schöne, lange Dusche, ja ... Eine Dusche, die ich mein Leben lang nicht vergessen werde!«
Dieser zweite Teil des Berichts, zweideutig wie er ausfiel, hatte zur Folge, daß meine Eifersucht genauso plötzlich besänftigt wurde, wie sie vom ersten Teil entfacht worden war, und ich spürte den Speichelfluß wieder in meinem Mund, der beim ersten Teil der Geschichte ausgetrocknet war und es mir unmöglich gemacht hatte, auch nur ein Wort von mir zu geben. »Und das alles ist wirklich wahr?« fragte ich, sowie ich mich wieder der Sprache bedienen konnte. »Aber natürlich!« sagte das junge Mädchen. »Sehen Sie, dies hier habe ich ihm beim Weggehen geklaut.« Sie faßte in ihre Jacke und zog eine wertlose Kette aus Silberimitat daraus hervor, an der eine Plakette mit seinem eingravierten Namen hing: »Paolo«. »Das lag auf dem Nachttisch«, sagte sie. »Ein Andenken.« – »Haben Sie viele Dinge in der Art?« – »Im Moment habe ich nichts weiter bei mir. Aber als ich jung war, habe ich davon gut und gern hundert Stück angesammelt. Ich bewahre sie bei mir zu Hause in einer großen Schublade auf.« – »Als Sie jung waren? Welches Alter meinen Sie denn damit?« – »Zwischen fünfzehn und zwanzig Jahren. Jetzt bin ich einundzwanzig. Und zum erstenmal verliebt.« Ein frischer Wind kam auf. Das junge Mädchen fröstelte. Ich erbot mich, an der Bar eine Flasche Whisky zu besorgen. »Lie-

ber Cognac, wenn schon!« erwiderte sie. Unverzüglich ging ich hinunter, um eine Flasche Cognac zu kaufen, denn das implizite Versprechen auf ein gemeinsames Besäufnis – das aus der Art und Weise, wie sie »lieber Cognac!« gesagt hatte, zu sprechen schien – war mir nicht entgangen, und ich sagte mir, daß sie unter Einwirkung des Alkohols und da sie schon intimste Vertraulichkeiten von sich gegeben hatte – was in neun von zehn Fällen zu Hingabe führt, wie jeder weiß –, meine Gastfreundschaft, die sie zunächst abgelehnt hatte, zu guter Letzt annehmen würde. Aber um die Bar herum stand eine dichte Menschentraube, und ich brauchte eine gute Viertelstunde, um meinen Einkauf zu erledigen. Als ich schließlich in aller Eile die steilen Eisenstufen erklommen hatte und wieder an Deck kam, war sie nicht mehr da.

PAOLO WAR NACH DEM LIEBESAKT in tiefen Schlaf gesunken, erwachte aber wie gewöhnlich um Punkt drei Uhr, wohl wissend, daß er genau um sechzehn Uhr seinen Pizzaverkauf wieder aufnehmen mußte. Die Schwedin war gegangen. Er war darüber nicht erstaunt. Alle gingen sie so schnell wieder fort. Was sie in Rom suchten, war ein brutales Genommenwerden – und ciao! –, nicht etwa abendliche Spaziergänge über die Via Vittorio Veneto, an den mit eleganten Leuten überfüllten Straßencafés vorbei am Arm eines Pizzabäckers! Er sprang aus dem Bett und trat an die Fensterluke, durch die das Auge, wie durch den ungeheuren Augapfel eines Riesenauges hindurch, die gewaltige kreisförmige Öffnung erblicken konnte, die in der Kuppel des Pantheon klafft. Er war nackt, sein Schwanz, den er mit der Hand liebkoste, steif. »Wir beide haben uns gut mit diesem Mädchen amüsiert.« Sein Schwanz war rosa und recht gerade, dick an der Wurzel und nach vorn spitz zulaufend, die Eichel kaum entblößt, die Harnröhre lebendig, wie ein drittes, rosafarbenes, winziges Auge, an dem ein vergessener Tropfen Urin im Sonnenlicht glitzerte. Er empfand eine Zärtlichkeit für ihn, die seine Eroberungen nicht immer in ihm auslösten. Er war treu, nicht sehr anspruchsvoll. Er verstand es, stets dazusein, wenn man ihn brauchte, und nicht in Erscheinung zu treten, wenn es nicht angebracht war. Nackt wie er war trat Paolo hinaus auf den Flur, der die Zimmer der Bediensteten miteinander verband und wo die Temperatur nicht weniger erstickend war als in seinem Verschlag unter dem Dach; in der Mitte des Flurs befand sich ein schwarzes Wandtelefon ohne Wählscheibe, das direkt mit der Rezeption verbunden war. Er nahm den Hörer ab. Giuseppe Nardi, der Chefportier, war in der Leitung. »Pronto?« – »Paolo Merano hier. Ich rufe von der Angestelltenetage an, gib mir bitte Girolamo, wenn er da ist.« – »Wo soll er denn sonst sein?« Der Portier machte dem Hoteldiener ein Zeichen, einen Mann um die Vierzig mit dem Aussehen eines Knäbleins – graziler Körper, abgezehrtes Gesicht, schiefe Nase, pomadisiertes Haar –, der in seiner roten Uniform mit doppelter Knopfreihe auf einer Bank gegenüber der Eingangstür saß, um die Gäste, sobald sie die Schwelle des Hauses überschritten hatten, abfangen zu können. Im Gegenlicht war unter den leichten Kleidern alles zu sehen.

»Girolamo, hier ist Paolo.«

»Was ist los mit dir?«

»Ich muß unbedingt duschen. Ist nicht irgendein Zimmer frei?«

»Nummer 142, das Zimmer der Amerikanerin.«

»Welche Amerikanerin?«

»Die du gestern abend mit zu dir genommen hast.«

»Ah, die große Blonde!«

»Mrs. Harrison.«

»Ich dachte, sie sei abgereist.«

»Sie ist nicht abgereist, sie ist bis heute abend auf Capri.«
»Sehr gut. Bring mir den Schlüssel.«
»Ich kann meinen Posten jetzt nicht verlassen, gleich kommt ein Touristenbus an. Ich sage dem Zimmermädchen Bescheid.«
»Ich komme runter.«
Er zog seine Pantoffeln über, schlüpfte in einen Bademantel, ging über die Dienstbotentreppe ein Stockwerk tiefer, nahm im fünften Stock den Fahrstuhl, hielt im ersten Stock und begab sich flugs auf Zimmer 142. Eine Zimmerfrau mit schwarzglänzender Satinschürze, Manschetten und Häubchen aus gestärktem Organdin erwartete ihn mit dem Schlüssel in der Hand vor der Tür. Sie war dreiundfünfzig Jahre alt, einen Meter zweiundfünfzig groß, wog fünfundachtzig Kilo und hatte einen Brustumfang von einem Meter fünfunddreißig. Sie hieß Marta Rimini, aber wegen ihrer riesigen Brüste hatte man ihr den Spitznamen Lolota gegeben. Dreimal hatte sie in Filmen von Fellini mitgespielt, einmal ausgestattet als römische Prinzessin, ein andermal als Dame im Mittelalter und das drittemal als Bürgersfrau zur Zeit des Faschismus – aber immer mit nackten Brüsten. »Lolo«, hatte der Maestro eines Tages zu ihr gesagt und vorsichtig mit der Spitze des Zeigefingers gegen ihre linke Brust gedrückt, die noch größer war als die andere, »sollten auch alle meine Filme in der Kloake enden, könnte ich doch vor Gottes Angesicht die Behauptung aufrechterhalten, daß sie gut sind; aus dem einfachen Grund, weil ich sein schönstes Werk gezeigt habe: deine Brüste.« – »Oh! Signore Fellini!«

»Willst du duschen?« fragte sie.
»Duschen wir doch zusammen«, entgegnete Paolo.

Federico Fellini war im Begriff, die siebenundachtzigste Szene von *Mamma mia!*, die in der Kloake spielt, zu drehen. Er stand mit verschränkten Armen auf einer antiken Ziegelmauer von drei Meter Höhe, zu seiner Rechten sein Assistent Renato Montenegro, der ein großes, trichterförmiges, leuchtend rotes Megaphon in der Hand hielt. Ein Stück dahinter hatte man auf der linken Seite ein schmales, schwenkbares Gerüst errichtet, auf dem sich die Kamera befand. Der Kameramann, mit nacktem Oberkörper und in Jeans, die Ellbogen auf die oberste Sprosse der Gerüstleiter gestützt, wartete. In der Kloake, deren bis zum Oberschenkel reichendes Wasser man künstlich geschwärzt hatte, standen in Zehnerreihen dreihundert weibliche Statisten jeglichen Alters. Die Jüngste war sechzehn, die Älteste achtzig Jahre alt. Fellini war weiß gekleidet, Montenegro ebenfalls, während die dreihundert Frauen, die römische Sklavinnen verkörpern sollten, in halblange graue Tuniken gehüllt waren, die den Busen entblößt ließen. Sie schnatterten um die Wette. Die Szene spielte in den Thermen des Claudius, die man im Studio nachgebaut hatte und deren gigantische Gewölbe aus Pappmaché die Kanalisation Roms zu zermalmen drohten. Rechts und links hatte man ganze Batterien von Scheinwerfern angebracht. Im Augenblick strahlte nur ein einziger von ihnen mit halber Kraft. Er verbreitete einen gelblichen Schein, der die Szenerie in ein Zwielicht tauchte.

»Renato«, sagte Fellini zu seinem Assistenten, »unter diesen dreihundert Frauen sind zehn, die einen Brustumfang von über einem Meter haben. Sag ihnen, sie sollen sich in die erste Reihe stellen.«
Der Assistent hob eine lange Liste auf Augenhöhe, hielt das Megaphon vor den Mund und trug in aller Ruhe, unter gleichmäßiger Betonung einer jeden Silbe die Namen vor, wobei das Echo seiner verstärkten Stimme von dem falschen Gewölbe zurückgeworfen wurde.
»Ruhe, meine Damen! Ich werde jetzt eine Reihe von Namen aufrufen. Geben Sie bitte acht! Anna-Maria Brucelli ... Julietta Bagno ... Renata Capucci ... Ottavia Nino ... Gina Lambesco-Ramelle ... Maria Otto ... Maria Terebellini ... Marta Rimini ... Fausta Dominacci und Claudia Forneracci ... Ich wiederhole: Anna-Maria Brucelli ... Julietta Bagno ... Renata Capucci ... Ottavia Nino ... Gina Lambesco-Ramelle ... Maria Otto ... Maria Terebellini ... Marta Rimini ... Fausta Dominacci ... und Claudia Forneracci ... werden gebeten, sich in die erste Reihe zu stellen.«
Es entstand ein großes Durcheinander. Schließlich fanden sich die zehn Frauen, deren Namen aufgerufen worden waren, in der ersten Reihe ein.
»Renato«, sagte Fellini, »von diesen zehn Frauen haben fünf einen Brustumfang von mehr als einem Meter und zehn. Sag ihnen, sie sollen sich in der Mitte der ersten Reihe aufstellen, die fünf anderen an die Seiten.«
»Ruhe, meine Damen!« schallte es aus dem Megaphon. »Ich wende mich nur an die Personen in der ersten Reihe. Anna-Maria Brucelli ... Renata Capucci ... Maria Terebel-

lini ... Marta Rimini ... und Claudia Forneracci ... werden gebeten, sich in der Mitte der ersten Reihe aufzustellen. Die anderen fünf bitte an die Seiten.«
Erneutes Durcheinander. Die fünf Frauen stellten sich in die Mitte der Reihe.
»Renato«, sagte Fellini, »von diesen fünf Frauen hat eine einen Brustumfang von hundertfünfunddreißig Zentimetern, und zwar Lolota; ich will sie in der Mitte, genau der Kamera gegenüber.« Sie kam dorthin.
»Achtung, meine Damen!« erscholl es aus dem Megaphon. »Dottore Fellini dankt Ihnen. Sie haben fünf Minunten Zeit, miteinander zu reden. Danach beginnen wir mit der ersten Probe.«
Auf einen Schlag begannen die Frauen zu schwatzen. In der Mitte der ersten Reihe streckte Marta Rimini die Schultern vor und hob mit dem rechten Arm ihre riesigen Brüste an, daß es schien, als wolle sie diese Fellini von weitem anbieten. Mit den Fingerspitzen warf sie ihm einen Handkuß zu. Fellini sah es nicht. Er hatte seine beschlagene Brille abgenommen und wischte sie mechanisch am Revers seines Jacketts ab, während er leise mit Renato sprach.
»Schnell!« sagte Paolo. Lolota steckte ihren Universalschlüssel in das Schlüsselloch, er gab ihr einen Klaps auf den Hintern, sie lachte und drehte den Schlüssel herum; sie betraten den Raum, Lolota warf ihr Mieder und ihren Rock ab, er zog sich ganz aus, sie stand da in Leibchen und Unterrock, die schwarzen Baumwollstrümpfe waren bis über die Knie gezogen, gehalten von einem in einem Fettwulst versunkenen Gummiband, so preßten sie sich unter

der Dusche frontal aneinander. Sie war klein und untersetzt, sein Schwanz befand sich auf der Höhe ihrer Brüste; er drückte ihn schräg zwischen ihre Zitzen, während sie ihre weichen Brüste von beiden Seiten stützte, damit sie sich um seinen Schwanz schließen konnten wie zwei Buchstützen um ein Buch. Das Wasser lief, er seifte sich ein, der Schwanz stieß vor und zurück, die Frau stieß kleine Grunzer aus, doch dann trat er abrupt einen Schritt zurück; es lag ihm nichts daran, seinen Samen zu verlieren, denn er mußte noch arbeiten gehen und bereit sein, falls eine dieser hübschen Touristinnen, die ständig um ihn herumscharwenzelten, allzu keß wurde. »Gehst du schon, Paolo?« fragte Lolota. »Die Pizzen warten auf mich.« – »Die Pizzen? Das soll ich dir glauben?« – »Jammere nicht, Lolota. Wir haben uns doch gut amüsiert.« Er gab ihr einen Kuß auf die Stirn und hüpfte geschmeidig aus der Dusche. Er begann sich abzutrocknen und summte vor sich hin. Sie ließ sich unter dem weiterfließenden Wasserstrahl auf die Knie sinken, so daß ihre Schultern und ihr Kopf naß wurden. Sie preßte ihre Hände gegen die Brüste und zerkratzte sie mit ihren Fingernägeln.

Eine halbe Stunde später war Paolo zurück auf der Piazza Navona. Es war sehr heiß. Der Nachmittag zog sich in die Länge. Zahlreiche Touristen saßen auf den marmornen Beckenrändern der Springbrunnen und hielten die Füße ins Wasser. Einige Meter neben Paolos Stand betrieb Vittorio Alcaboni, einer seiner Cousins, einen Gelatistand, vor dem ungefähr zwanzig Leute Schlange standen. Er grinste spöttisch zu Paolo herüber. Bei dieser großen Hitze wollten die Leute keine Pizza. Paolo erwiderte das Grinsen mit einem Achselzucken. Ihm gefiel der Pizzaverkauf, um nichts in der Welt hätte er Gelati feilgeboten. Er stützte sich mit den Ellbogen auf seinen Tresen und begann die *Gazetta dello Sport* zu lesen. Gegen fünf Uhr ließ die Hitze nach. Die Schatten wurden länger. Paolo konnte sich eines Schauers von Stolz nicht erwehren, als er sah, wie von der Piazza Rotonda her Paolo Frolani, Literaturkritiker des *Espresso* und berühmtester Journalist Italiens, auf seinen Stand zukam; blaß und dünnhäutig, bekleidet mit einem weißen Baumwollanzug, auf dem Kopf einen Panamahut mit rosa Band, führte er am Arm ein nachlässig eingehängtes, erhabenes, rothaariges Geschöpf, feuerrot gekleidet und doppelt so groß wie er. Aber, *per la Madonna,* Paolo träumte doch nicht! Sie war eine weltberühmte Frau! Noch vor kurzem hatte er sie auf der Titelseite einer Zeitschrift gesehen! Wie war doch ihr Name …? Er lag ihm auf der Zunge …! Jedenfalls würde er ihn bald erfahren. Das Paar kam gemessenen Schritts näher. Der Journalist begrüßte, mit großer Geste den Panama vom Kopf schwenkend – niemand verstand mehr so zu grüßen! –, einige Freunde, die unter einem Sonnenschirm an einem der Tische auf der blumengeschmückten Terrasse des Tre Scalini saßen. Das Oberteil des feurigen Kleides war V-förmig bis zum Nabel ausgeschnitten. Die tiefe Öffnung ließ die zweifache, milchige Schwere der Brüste erahnen, ohne daß man ihre Spitzen sehen konnte – und dennoch! Wie konnte ein solches Kleidungsstück bloß halten? Ein Mysterium. Das Paar blieb vor dem Stand stehen.

»Mein lieber Namensvetter«, sagte Paolo Frolani zu Paolo Merano, »zwei kleine Pizzen bitte und sowenig ranzig wie möglich, die Signora und ich sind hungrig. Teure Freundin«, wandte er sich dann an seine Begleiterin, »gestatten Sie, daß ich Ihnen Paolo Merano, den besten Pizzaiolo der Piazza Navona, vorstelle. Paolo, du wirst die göttliche Signora Fulvia Cipriatti, die berühmte Moderatorin von Canale Oscuro, ›dem Kanal für Liebesnächte‹, wie man sagt, wohl wiedererkannt haben. Dies ist keine wandelnde Sinnestäuschung, sie ist es wirklich«

»Zweimal Pizza Imperiale, Dottore!« sagte der Pizzaiolo und betrachtete die Moderatorin mit einem Ausdruck äußerster Begierde. »Ich habe Sie schon mindestens hundertmal vollständig nackt gesehen!«

»Großer Gott, er meint das Mitternachtsjournal. Die Signora verliest die Weltnachrichten nackt, wie sie geschaffen wurde, denn nur die Schönheit kann uns über all die Desaster hinwegtrösten.«

»Schon möglich, schon möglich ...«, entgegnete der Pizzaiolo und bemühte sich vergebens, das Beben seines Mundes zu unterdrücken.

»Haben Sie mich an dem Abend gesehen, als ich die Reportage über die Boat people vorgetragen habe? Ich hatte mir die Brüste mit Lippenstift beschmiert, um die Tragödie mit Nachdruck zu denunzieren.«

»Schon möglich, schon möglich ...«, sagte der Pizzaiolo. »Ein paar Kapern auf die Pizza?«

»Vor allem Zwiebeln«, erwiderte der Journalist. »Sehr dünn geschnitten!«

»Wie geht es Ihnen, Sie junger Dummkopf?« fragte die

Moderatorin den Pizzaiolo. Sie streckte ihm über den Tresen hinweg ihre unbehandschuhte Hand entgegen, die er mechanisch mit seiner Rechten ergriff, und er überlegte gerade, was er erwidern konnte, als er ein kleines Kitzeln verspürte: Mit dem Nagel ihres kleinen Fingers kratzte sie sanft über seine Handfläche. Fast hätte er einen überraschten Schrei ausgestoßen. Die Moderatorin zog die Hand wieder zurück.

»Haben Sie kürzlich Liebe gemacht?« fragte sie.

»Das letztemal zur Mittagszeit mit einer Schwedin«, sagte der Pizzaiolo.

»Das letztemal zur Mittagszeit mit einer Schwedin!« rief die Moderatorin aus. »Hier geht's aber zu!« Sie streckte den Kopf vor, die Brauen hochgezogen. Ihre Augenhöhlen waren außerordentlich tief, die Lider stark gewölbt, ausgestattet mit drei Zentimeter langen falschen Wimpern. »Vielleicht lügen Sie.«

»Er ist zum Lügen viel zu dumm«, sagte der Journalist.

»Wo bleibt die Pizza?« fragte die Moderatorin.

»Kommt schon, Signora«, erwiderte der Pizzaiolo.

»Nennen Sie mich Fulvia; ich gehöre mit Leib und Seele meinem Publikum.«

»Kommt sofort, Fulvia«, sagte der Pizzaiolo, dessen Beben, ausgehend vom Unterkiefer, den Hals erreicht hatte und sich über den Oberkörper bis in Arme, Hände, Knie und Zehen fortsetzte.

Er schwankte von hinten nach vorn, als wollte er über sie herfallen.

»Allein eine Andeutung auf Ihre Nacktheit reicht aus, um ihm den Tatterich beizubringen«, sagte der Journalist.

»Er ist noch ein Kind«, entgegnete sie, »er wird's überstehen.«
»Die Pizza ist fertig«, sagte der Pizzaiolo.
Der alte Journalist und die Moderatorin setzten sich an einen winzigen runden Tisch, auf dem eine Papierdecke lag, die wegen des Windes mit vier Stahlklammern an den Rändern befestigt war, und in dessen Mitte ein kleiner, gelber, zylindrischer Behälter voller Zahnstocher stand. Der junge Mann stellte sich hinter sie und sah ihnen beim Essen zu. Jeden Morgen holte er seinen Stapel Pizzen von einer Groß-Pizzeria auf der anderen Seite des Tibers, sie hielten sich praktisch allein durch die Tageshitze in dem Metallbehälter an seinem Stand warm. Es genügte, sie jeweils zwei Minuten in einem kleinen Butangasherd noch einmal heiß zu machen, und die Sache war geritzt. Diese Pizzen schmeckten gut, waren aber ziemlich dick. Wenn man sie aß, mußte man etwas trinken. Die Moderatorin kaute hingebungsvoll.
»Ein Glas mit kaltem Wasser?« fragte der Pizzaiolo.
»Nein, aber gern eine Coca-Cola«, sagte sie.
»Die darf ich nicht verkaufen.«
»Warum nicht?«
»Weil ich einen beweglichen Pizzastand habe und es nur den Restaurants in Gebäuden oder auf Terrassen gestattet ist, sprudelnde Getränke zu verkaufen.«
»Aber das ist doch ein Skandal!«
»Ja, Signora.«
»Ja, Fulvia.«
»Ja, Fulvia.«
»Die Gesellschaft verreckt noch unter dem Übermaß an

Gesetzen«, sagte der Journalist. »Reiche, die in sich zusammenfallen, verbringen ihre Zeit damit, Gesetze zu machen.«

»Ich hätte das Gegenteil geglaubt«, sagte die Moderatorin.

»Lesen Sie Gibbon.«

»Gott sei Dank habe ich anderes zu tun!«

»Entschuldigen Sie bitte, wenn ich Ihnen so etwas sage«, sagte der Pizzaiolo zur Moderatorin, »aber wenn Sie sich über Ihren Teller beugen, klafft das Vorderteil Ihres Kleides auseinander und man sieht Ihre Brüste.«

»Ganz oder nur ein wenig?«

»Ganz und gar.«

»Aber das ist doch volle Absicht!« rief sie lachend. »Ein Dior-Kleid, mein Lieber. Kommenden Winter werden die Frauen transparente Bustiers tragen. ›Ein Hauch Paris!‹ Ich habe mir bereits eines bestellt, ich werde es Ihnen vorführen.« Sie warf ihren Oberkörper zurück und sah dem jungen Mann herausfordernd in die Augen, während sie gleichzeitig ein riesiges Stück Pizza an den Mund führte. Der Journalist feixte. Sie öffnete die Lippen und zeigte ihre Zähne.

Der Pizzaiolo sah, wie sich ihre kleinen, dich an dicht stehenden Zähne in die Pizza bohrten.

Paolo Frolani war erstaunt über den Ausdruck wilden Heißhungers auf dem Gesicht des Pizzaiolo, der die junge Frau anstarrte, als wolle er sie zerfleischen, und er sah, daß der Pizzaiolo besonders auf die Zähne starrte. Er will ihre Zähne verschlingen! Ihre Zähne, ihre Lippen, ihre Zunge und ihren Mund verschlingen, während sie selbst gerade ißt! Eine Frau, die ißt, ist selbstverständlich eine Frau, die … Plötzlich wurde er von einer Erinnerung übermannt. Eine vierzig Jahre alte, bislang im Magma seines Gedächtnisses vergrabene Erinnerung, die jetzt ebenso spitz und glänzend zum Vorschein kam wie jene Zähne. Er hatte eine verheiratete Frau gekannt, mit der er eine platonische Freundschaft unterhielt, in der Hoffnung, diese Freundschaft möge sich in Liebe verwandeln. Dennoch blieb er vorsichtig, denn diese Frau – deren Name jetzt so klar in seinem Kopf erschien, als wäre er mit einem Riesenpinsel an die hohen Fassaden, die die Piazza Navona umschlossen, gemalt: Sophia Garezzo, die Gattin eines berühmten Rechtsanwalts – war als strenge Frau bekannt, die aufgrund einer eigenen, kühlen Schönheit Anklang fand, dabei aber den stocksteifen Eindruck einer in ihrem Stolz verletzten, offen betrogenen Frau hinterließ; ihr Gatte umgab sich in aller Öffentlichkeit mit Callgirls. Nichtsdestoweniger hatte er sich unter den etwas spöttischen Blicken gewisser Leute dieser Aufgabe verschrieben, fest entschlossen, die nötige Zeit abzuwarten, bis ihm die reife Frucht in den Schoß fiel. Dies hatte sich jedoch abgespielt, bevor er die Moderatorin traf, zu der Zeit, als seine arme Frau noch lebte. Sechs Monate lang hatte er den Kavalier gespielt und Sophia Garezzo in die Oper ausgeführt, mit ihr zusammen Ausstellungen besucht und sie auf Wohltätigkeitsveranstaltungen begleitet, denen sie aus Langeweile vorstand. Kurz gesagt, er machte sich höchst lächerlich, ohne beim Einnehmen der Festung sonderlich voranzukommen, aber insgeheim wußte er, trotz der Spötter, daß er vorankam, so gering die Fortschritte auch sein mochten. An einem Frühlingsabend, als er die junge Frau bis an die Tür ihres Hauses begleitet hatte, sie ihm aus nächster Nähe ihre Hand zum Kuß darbot und er sich gerade über diese Hand neigte, beugte sie sich rasch nach vorn, biß ihm blitzschnell ins Ohr und raunte ihm *a mezza voce* zu: »Morgen um fünf genau hier«, woraufhin sie ins Haus trat. Am nächsten Tag um fünf Uhr klingelte er an der Tür des alten Palazzo in der Via Cernavecci, wo sie wohnte. »Die Signora bitten den Signore, in ihrer Bibliothek zu warten«, sagte der Diener, »ihr ist etwas Unvorhergesehenes dazwischengekommen, sie wird in einer Viertelstunde dasein.« Er führte ihn über die große Treppe ein Stockwerk höher, dann noch eines über eine zweite, kleinere Treppe, und ihm wurde klar, daß sie sich in den Privaträumen der jungen Frau befanden. »Wenn der Signore so liebenswürdig wäre ...« Der Diener hieß ihn in ein kleines Zimmer eintreten und zog sich zurück. Er befand sich in einem ovalen Raum, halb Boudoir, halb Bibliothek. Diejenigen Wände, die nicht mit Lederbänden bedeckt waren, hatte man mit kostbarem japanischem Papier tapeziert, das aus schwarzen Seidenfäden auf Altrosatönen bestand. Das Tageslicht drang durch ein schmales Fenster herein, das von einer gehäkelten Gardine verhüllt wurde. Er wartete stehend, die Hände auf dem Rücken, und schaute sich als Bücherliebhaber interessiert die Bände an. Die Bibliothek war zweifellos von einem Dekorateur nur zur Zierde eingerichtet worden; sie enthielt ausschließlich alte, in Leder gebundene Bücher, deren goldgeprägte Titel sanft schimmerten. Als er den Blick zu den oberen Reihen hob, überraschte ihn dort der intensivere Glanz eines Einzelbandes, der irrtümlicherweise unter die anderen geraten sein mußte. War es ein Sonnenstrahl, der leuchtend auf diese bestimmte Stelle fiel? Aber nein ... Das Fenster ging auf einen mit Pinien bepflanzten Innenhof, das einfallende Licht war gedämpft. Das Buch stand ziemlich weit oben, auf dem siebten Bord. Von einer plötzlichen Neugier gepackt, ging Paolo Frolani zur Tür, öffnete sie, sah, daß sich niemand im Flur aufhielt, rückte einen Schemel an das Bücherregal und griff nach dem Buch. Es war eine Attrappe ... eine Schachtel, die man trügerisch mit einem alten Bucheinband versehen hatte. Als er die Schachtel öffnete, fielen Briefe heraus. Rasch sammelte er sie wieder auf. Aus den Kuverts glitten einige Fotografien. Die erste zeigte eine Frau, die er trotz ihrer Aufmachung sofort erkannte: Es war seine Gastgeberin, die über jeden Verdacht erhabene Sophia Garezzo. Das Foto war im Wald aufgenommen worden. Die junge Frau saß auf einem Baumstumpf. Sie war mit einem großen, weit aufklaffenden Trenchcoat bekleidet, unter dem sie nackt war. Sie saß vornübergebeugt, die Beine gespreizt, die Brüste baumelnd, und hielt mit beiden Händen ein Stück Fleisch auf Gesichtshöhe, eine Hähnchenkeule oder ein Rindersteak, in das sie mit gebleckten Zähnen hineinbiß. An ihren beiden Mundwinkeln floß Saft herunter. Ihre herausfordernden Augen starrten unverwandt auf den Fotografen, an einem Fuß trug sie einen Schuh, der andere war nackt. Die anderen Fotos waren in derselben Art, mehrere davon obszön. Auf einem sah man, wie sie mit über die Schultern gerafftem Trenchcoat versuchte, sich rittlings auf einen Aststummel zu setzen. Mit zusammengebissenen Zähnen schnitt sie eine Grimasse. Er legte die Briefe und Fotos

zurück in die Schachtel, stellte diese zu den Büchern zurück und verließ ungesehen das Haus.
»Unsere Freundin ist ebenso beschaffen wie alle anderen«, sagte er rasch zu dem Pizzaiolo. »Hör auf, sie so anzustarren! Die Meeresschildkröten, die ich neulich im Museum von Genua gesehen habe, haben keine Brüste, aber die Frauen hier in Rom haben welche.«
»Gott noch mal, was für ein Pedant!« rief die Moderatorin lachend aus. »Frauen mit Schildkröten zu vergleichen! Was ich mit Ihnen alles durchmachen muß, Paolo.« Und dem Pizzaiolo zugewandt, sagte sie: »Also, junger Mann, wenn es keine Coca-Cola gibt, trinke ich eben ein Glas Wasser.«
»Subito presto!« sagte der Pizzaiolo.
»Haben Sie Signora Sophia Garezzo gekannt, die Frau des Rechtsanwalts?« fragte der Journalist die Moderatorin.
»Nein, aber sie war eine Freundin meiner Großmutter. Ich glaube, sie ist im vergangenen Jahr gestorben. Sie muß an die hundert Jahre alt gewesen sein ... Warum fragen Sie?«
»Nur so ... Ein Name, der mir unvermittelt durch den Kopf ging ... Sophia Garezzo ... Sie scheinen zu wissen, was ich meine ...«
»Soweit meine Erinnerungen zutreffend sind. Eine sehr alte, ziemlich elegante Dame, die meine Großmutter zu den Wohltätigkeitsveranstaltungen begleitete. Sie hatten einander im Pensionat kennengelernt und sind im Abstand von drei Monaten gestorben. Sicherlich habe ich zu Hause Fotografien, auf denen sie zusammen zu sehen sind. Ich werde sie Ihnen zeigen.«
»Ich würde sie gern sehen.«
Der Pizzaiolo tauchte hinter seinem Stand unter. Er nahm

aus einem tragbaren Eiskübel einen kältebeschlagenen Terrakottakrug sowie einen verbeulten Zinnbecher, in den er das kalte Wasser goß.

»Mmm ... Köstlich!« sagte die junge Frau, die mehrmals ansetzen mußte, um das Wasser auszutrinken, so kalt war es. Sie gab dem Pizzaiolo den Becher zurück, wobei ihrer beider Finger sich leicht berührten, und sandte ihm aus dem linken Augenwinkel, den der Journalist nicht sehen konnte, einen verheerend zündenden Blick ins rechte Auge. Der Pizzaiolo wurde puterrot, verschwand, um seine Verwirrung zu verbergen, erneut hinter seinem Stand und räumte Krug und Becher weg.

»Was machen Sie heute abend, liebe Freundin?« fragte der Journalist. »Präsentieren Sie das Journal?«

»O nein! Dies ist nicht meine Woche. Ich habe ein Abendessen in der englischen Botschaft. Ich dachte, ich hätte es Ihnen gesagt. Hat Lady Consgrave Sie nicht eingeladen?«

»Nein.«

»Das geschieht Ihnen ganz recht! Nach der Soiree neulich haben Sie in der ganzen Stadt herumerzählt, sie habe Schultern wie ein Pferdeknecht, und man hat es ihr brühwarm berichtet. Das ist jetzt die Strafe.«

»Aber«, entgegnete Paolo Frolani erstaunt, »ich habe das als Kompliment gemeint! Die Schultern sind doch das Schönste! Ich würde sie gern nackt sehen, von hinten ... Sie hat bestimmt einen großartigen Rücken!«

»Schon möglich, aber sie ist vom Gegenteil überzeugt. Sie war olympische Skiff-Vizemeisterin und leidet furchtbar darunter, so muskulös zu sein. Sie hätten besser den Mund halten sollen.«

»Gut. Das nächstemal sage ich kein Wort.«

»Nun gut, ich werde Sie jetzt verlassen. Ich werde versuchen, auf der Piazza Rotonda ein Taxi zu ergattern. Ich benötige ein Bad und muß mir die Zähne putzen. Sie brauchen mich nicht zu begleiten, ich weiß den Weg.« Sie reichte dem alten Journalisten ihre Hand zum Kuß, grüßte den Pizzaiolo mit einer schroffen Dehnung der Lippen, drehte den beiden Männern den Rücken zu und begab sich tänzelnden Schritts zur Piazza Rotonda.

»Weißt du, was ein Mann, der sein Leben mit dem Lesen von Büchern verbracht hat, denkt, wenn er ein solches Geschöpf davoneilen sieht, Namensvetter?« fragte Paolo Frolani den Pizzaiolo.

»Wie sollte ich?« entgegnete der Pizzaiolo, ohne die junge Frau aus den Augen zu lassen.

»Ein schöner Arsch, getragen von einem Paar schöner Beine, geht davon«, sagte der Journalist. Die Moderatorin war in der Menschenmenge untergetaucht. Der junge Mann sah den alten Mann enttäuscht an.

»Also das hätte sogar ich denken können!«

»Wozu sind Bücher gut, Namensvetter? Ich spendiere dir ein Bier.« Er reichte dem jungen Mann zwei Zehntausendlirescheine. Zehntausend Lire für die zwei Pizzen und zehntausend für zwei eiskalte Bier, die er aus dem Café gegenüber holen sollte. »Oh, danke, Dottore!« Für den Pizzaiolo bedeutete das zwölftausend Lire Gewinn, sonst die Bilanz eines guten Arbeitstages. Er sprang schnell hinüber in das Café, kam mit zwei Flaschen Bier zurück, und die beiden Männer setzten sich an das kleine Tischchen. Der junge Mann hatte das Verdeck seines Standes geschlossen und gab einigen näher kommenden Touristen durch ein Zeichen zu verstehen, daß er keine Ware mehr habe. Der Abend brach an. Die Piazza Navona lag jetzt im Schatten. Dieser Schatten war blau. Der Himmel über dem Platz war rosa. Die Halbgötter, Tritonen und Ungeheuer des Brunnens waren blau ebenso wie der leichte Baumwollanzug, den der alte Journalist trug und der noch einen Augenblick zuvor cremeweiß gewirkt hatte. Der Panamahut war blaßgrün geworden.

»Sagen Sie mir die Wahrheit, Dottore«, begann der Pizzaiolo mit veränderter Stimme. »Haben Sie wirklich mit dieser Frau geschlafen?«

»Das letztemal gestern abend, aber nicht unbedingt in der Art und Weise, in der du es getan hättest, wäre sie in deinem Bett gewesen.«

»Aber wie kann eine so schöne Frau Gefallen an solch einem alten Trümmerhaufen finden, wie Sie es sind?« fragte der junge Mann, der kurz davor schien, wütend zu werden.

»Frag sie.«

»Die Reichen amüsieren sich mit ihresgleichen, was sonst!« sagte der Pizzaiolo. »Zu guter Letzt werde ich eines Tages noch Mitglied der Kommunistischen Partei werden. Die Frauen miteinander teilen, das wäre eine Zukunft!« Die Wut brach sich Bahn. Die großen schwarzen Augen des Pizzaiolo funkelten gereizt. Er schlug mit der Faust auf den Tisch und warf dabei den Behälter mit den Zahnstochern um.

»Eine solche Zukunft ist schon vor Urzeiten von Aristophanes beschrieben worden, armer Unwissender«, sagte der Journalist. »Die Frauen miteinander teilen heißt nicht nur die hübschesten von ihnen teilen, sondern auch die häßlichsten und ältesten. Und letztere machen in einer Republik, wie du sie anstrebst, noch vor den hübschen von ihrem Recht Gebrauch. Wenn du deinen Samen schon an zehn Alte abgegeben hättest, was bliebe dann wohl für eine Cipriatti übrig?«

»Erzählen Sie mir nicht, daß es ihr mit Ihnen Spaß macht!« entgegnete der Pizzaiolo und stellte mit zittrigen Fingern die Zahnstocher an ihren Platz zurück.

»Wer spricht denn von Spaß?« schrie der Journalist, der plötzlich empfindlich getroffen zu sein schien. »Hör zu, Namensvetter. Gerade letzte Nacht war die Cipriatti bei mir. Es war ein totales Fiasco. Ich war auf einmal impotent, und sie war kalt. Das war überhaupt nicht lustig, sondern schaurig. Weißt du, was sie getan hat?«

»Nein, und es ist mir auch völlig egal.«

»Ich werde es dir trotzdem sagen. Sie hat meinen müden Schwanz in ihre kleine Hand genommen ... darauf gespuckt ... aus ziemlicher Entfernung ... und zu mir gesagt: Mein lieber Paolo, was wäre die Liebe ohne Ironie?«

Es entstand ein Schweigen. Der Pizzaiolo sah den Journalisten unruhig an. In Anbetracht der Nachricht von dem Fiasko hatte ihn seine Wut schlagartig verlassen. Er kniff die Augen zusammen. Auf seiner gebräunten Stirn entstanden drei kleine Falten in Brückenform, nicht sehr tief.

»Ich verstehe nicht, was diese Frau hat sagen wollen«, gestand er.

»Ich bin auch nicht sicher, es verstanden zu haben, aber vielleicht werde ich es eines Tages doch noch verstehen.«

»Dann sputen Sie sich! Denn meiner Meinung nach haben Sie nicht mehr lange zu leben.«

»Wem sagst du das!«

Es war Nacht geworden. Der Platz glitzerte vor Lichtern. Die Touristen waren zahlreich. Sie umringten die Schnell-Karikaturisten. Amerikanerinnen mit bis zu den Schenkeln hochgezogenen Röcken saßen auf dem Brunnenrand und hielten die Füße ins Wasser.

»Ich muß nach Hause, ich bin müde«, sagte Paolo Frolani. »Aber wer weiß, ob ich noch ein Taxi finde.«

»Wo wohnen Sie?«

»Das habe ich dir vor einiger Zeit schon mal gesagt: auf der anderen Seite der Piazza del Popolo.«

»Es ist jetzt bestimmt kein Taxi mehr zu bekommen, aber wenn es Sie nicht ängstigt, hinten auf einem Motorroller zu sitzen, bringe ich Sie gern nach Hause.«

»Wovor sollte ich Angst haben?«

Sie gingen bis an die Ecke einer kleinen Straße, wo der Pizzaiolo jeden Morgen seinen Motorroller in einem Unterstand für Mülltonnen verbarg. Darüber hinaus schloß er ihn mit einer dicken Kette, die ein großes Vorhängeschloß sicherte, an einen der Betonpfeiler, die das Blechdach hielten. Nachdem er seinen Motorroller losgemacht hatte, warf er den Motor an und ließ den Alten hinten aufsitzen. Paolo Frolani hatte sorgfältig seinen Panama einmal zusammengefaltet, ihn in seine Weste gleiten lassen und seine Arme um die muskulösen Hüften des Pizzaiolo gelegt, wie es verliebte Mädchen tun. Der junge Mann fuhr schnell und in ständigem Zickzackkurs zwischen Autos, Motorrollern, Mofas, Fahrrädern, Droschken und sogar Fußgängern hindurch, die in fröhlichen Grüppchen Arm in Arm über die Straße fluteten. Binnen zehn Minuten hatte er die Piazza del Popolo erreicht. Der Journalist ließ sich ganz hinten bei den Obelisken absetzen. Sobald der Mann mit beiden Füßen auf dem Boden stand, kehrte Paolo um und fuhr dröhnend zurück ins Zentrum. Paolo Frolani hatte seinen Panama wieder in die Hand genommen, stand wie angewurzelt auf dem Bürgersteig, klein und zerbrechlich, und winkte zum Abschied.

HARRIET TRAT DEN RÜCKWEG AN, hielt aber, da sie noch sehr schwach war, die Reise nur bis Nairobi durch. Nach sechs Stunden Fahrt stieg sie am Rande eines Dorfes aus, das im Seengebiet lag, fand dort einen Führer und ließ sich bis an die Ufer des Nakurusees führen; dort befanden sich mehrere Camps, die von Weißen geführt wurden, sie vermieteten Zelte und Bungalows an Reisende, die aus Nairobi kamen, um die Reservate zu besichtigen oder auf Safari zu gehen. Sie legte im ersten dieser Camps, das ein englisches Ehepaar leitete, eine Pause ein. Die Leute waren sehr nett zu ihr, und so ließ sie sich schließlich häuslich nieder. Sie ging Mrs. Aishley bei der Aufnahme von etwa zwanzig Touristen zur Hand, die in Begleitung von Führern mit ihren Landrovers im Reservat eintrafen. Sie erzählte ihre Geschichte. Mrs. Aishley verstand sie um so besser, als sie und ihr Mann selbst vor zwanzig Jahren Sussex verlassen hatten und ohne auch nur den Gedanken an Rückkehr nach Kenia gekommen waren. »Die Natur ist so schön!« Als Amateurmalerin hatte sie ungefähr hundert Bilder vom Mount Kenya angefertigt. Sie sprach von ihm wie von einem Menschen. »Er ist heiter.« – »Er ist mürrisch.« – »Er ist zornig.« – »Heute versteckt er sich.« Sie schenkte Harriet ihr letztes Bild, es trug das Datum der vorausgegangenen Woche. Der Mount Kenya war an einem sonnigen Tag gemalt worden. Eine Aureole aus Wolken schwebte über seinem schneebedeckten, weißen Schädel (Mrs. Aishley hatte ihn mit dem Schädel und den Augen eines Menschen versehen). Zu seinen Füßen lagen, sehr sorgfältig gemalt, ein Löwe und eine Löwin ausgestreckt. Auf der rechten Seite befand sich ein Fluß, in dem Nilpferde badeten. Auf deren Rücken tanzten Giraffen, Affen und Krokodile. »Wie wunderschön!« rief Harriet aus und preßte das Bild an ihre Brust. »Man könnte meinen, das Paradies auf Erden!« – »Aber das *ist* das Paradies auf Erden!« erwiderte Mrs. Aishley. »Ich frage mich, ob Sie mir wohl erlauben würden, hier zu leben?« – »Allein?« – »Nein! Mit dem Musiker, von dem ich Ihnen erzählt habe, Mr. Ruby Bobo.« – »Aber warum denn nicht, meine Liebe, wenn Sie glauben, daß Sie hier glücklich sein werden?« Die beiden Frauen sprachen am Abend mit Mr. Aishley darüber, der den Plan von ganzem Herzen billigte. Der Tourismus entwickelte sich ohne Unterlaß; die Reisenden, die kamen, um das Reservat zu sehen, wurden immer zahlreicher, es gab schon jetzt Arbeit für vier! Mr. Aishley schätzte den Bau eines großen Bungalows für das junge Paar – von der Art, wie seine Frau und er einen bewohnten – auf zehntausend Dollar. Ein solcher Bungalow ließe sich in drei Monaten errichten. Falls Harriet aus dem Verkauf ihres Hauses in San Juan fünfundzwanzigtausend Dollar herausschlug, wie sie sich erhoffte, blieben ihr zehntausend, die sie in ihr Geschäft stecken konnte, sowie fünftausend für anfallende Kosten – Reisen, Umzug,

Steuern und so weiter. Harriet war so begeistert, daß sie bei ihren Berechnungen die Einkünfte, die sie weiter aus ihrem Laden in St. Andrew erhalten würde, wenn sie ihn zur Hälfte ihrer Freundin aus Boston überließ, völlig vergaß. Alles griff fugenlos ineinander!

Nach dem Abendessen entkorkte Mr. Aishley eine Flasche Champagner. Sie saßen vor dem Bungalow und sahen auf den Mount Kenya, als wohnten sie einer Theatervorstellung bei. Er glänzte schneeweiß unter dem klaren Licht des Mondes. Der Mond selbst schien blau, ein großartiges menschliches Antlitz. Aufgegangen im Westen, erhob er sich rasch in den Himmel. Aus dem Reservat drang von Zeit zu Zeit der Schrei einer Hyäne herüber, und die gesamte Natur vibrierte vor intensivem, verborgenem Leben. Harriet hielt ihr Glas auf Augenhöhe und konzentrierte sich darauf, den glänzenden Gipfel des Mount Kenya zu betrachten, als handele es sich um einen Klacks Schlagsahne auf einem Eisbecher. Der Schrei der Hyäne erklang jetzt aus nächster Nähe. »Der Weise vernimmt gern das Lachen der Hyäne, das Wimmern des Kindes, das Schnarchen der Konkubine«, sagte Mr. Aishley unvermittelt. »Ich bitte dich, Charles«, erwiderte Mrs. Aishley, »laß Miss Hemmery den Geräuschen der Nacht lauschen, ohne ihr deine Sprichworte aufzudrängen.« – »Aber ... es ist ein hübsches Sprichwort!« entgegnete Harriet. »Ein Sprichwort der Bantu«, sagte Mr. Aishley. »Genaugenommen ist es gar kein Sprichwort, sondern eine Maxime.« Er lachte in sich hinein. »Mein Mann sammelt afrikanische Sprichworte«, sagte Mrs. Aishley. »Sind Ihnen während Ihrer Reisen vielleicht einige aufgefallen?« – »Nein, leider

nicht ...«, entgegnete Harriet etwas zerknirscht. »Ich habe immer nur Masken zusammengetragen.« – »Oh, wie interessant!« sagte Mr. Aishley. »Wie viele haben Sie?« – »Mehr als fünfhundert.« – »Teufel auch!« Er begann wieder zu lachen. »Warum lachst du, Charles?« fragte Mrs. Aishley. »Es ist ziemlich nervtötend, dich dauernd lachen zu hören, ohne zu wissen, worüber.« – »Ich muß lachen, weil mir gerade der Brief einfiel, den ich kürzlich von unserer Botschafterin in Rom, Lady Consgrave, erhalten habe. Sie ist eine sehr komische Frau.« – »Unsere derzeitige Botschafterin in Rom«, sagte Mrs. Aishley zu Harriet, »hatte Charles als Betreuer beim Rudern, als sie noch auf der Universität war, und sie versäumt es in keinem Jahr, ein paar Tage hier zu verbringen.« – »Ach wirklich?« fragte Harriet. Sie hörte nur noch mit einem Ohr zu, sie war kurz davor, einzuschlafen.
Am darauffolgenden Montag bestieg sie den Schwarzenbus nach Nairobi. Sie verbrachte einen ganzen Tag dort und nahm sich die Zeit, Luther M'Bellah zu besuchen und ihn über ihre Pläne zu informieren; außerdem eröffnete sie bei der Filiale der Chase Manhattan Bank, deren Kundin sie auch in St. Andrew war, ein Konto. Danach nahm sie ein Flugzeug nach Paris, denn sie wollte unbedingt meine Meinung hören, ehe sie jene letzten Entscheidungen traf, die ihr Leben von A bis Z verändern würden. Ich brachte sie in der kleinen Einzimmerwohnung am Odéon-Rondell unter, die ich gekauft hatte, um ungestört arbeiten zu können. Sie mochte weder Paris, das sie schmutzig fand, noch die Pariser, die ihr verschlossen und aggressiv vorkamen. Drei Tage nach ihrer Ankunft schlug ich ihr vor, mich in

die Picardie zu begleiten, wo ich für den Chefredakteur einer Zeitung etwas recherchieren sollte, und sie sagte erfreut zu.

Wir fuhren auf die Autobahn in Richtung Norden. Es regnete. Rechts und links glänzte die fette, schwarze Erde. Es herrschte dichter Verkehr. Riesige Lastwagen wirbelten Wassersäulen auf. Hinter Senlis kamen wir an einem Motel vorbei, dessen rote Neonschrift hinter einer dünnen Wand aus Bäumen aufzuckte. »Ist das nicht der Ort, wo du diese Geschichte mit der Kellnerin gehabt hast?« fragte Harriet. »Woher weißt du das?« – »Du hast es mir eines Abends in San Juan erzählt.« – »Wirklich?« Ich konnte mir nicht vorstellen, das erzählt zu haben. »Vielmehr hast du sie mir erzählt, als wäre sie jemand anderem passiert ... einem älteren Mann ... aber ich bin immer davon ausgegangen, daß es sich dabei um dich handelte. Komm, laß uns einen Kaffee trinken. Das wärmt mich auf, und dich macht es jünger.« Wir verließen die Autobahn an der nächsten Ausfahrt und kehrten zu dem Motel zurück. Es ist in U-Form gebaut, langgestreckt und niedrig. In der Mitte befinden sich das Büro, eine Bar und die Cafeteria. Die Zimmer liegen in den beiden Seitenflügeln. In der Bar drängten sich eine Menge Leute, LKW-Fahrer, die einen Moment Pause machten, Autofahrer, die die gefährlich unter Wasser stehende Fahrbahn verlassen hatten, um abzuwarten, bis der Regen nachließ. Wir nahmen neben der Glastür Platz, die zur Cafeteria führte. »An welchem Tisch hast du damals gegessen?« – »Warum interessiert dich das?« – »Ich möchte es nur wissen.« – »Dort drüben, am dritten, neben der Fensternische.« – »Warst du ganz allein hier im Restaurant?« – »Genauer gesagt, ich war der letzte Gast. Ich hatte mir ein Zimmer genommen, aber abends werden nur selten Zimmer gemietet, weil es so nahe bei Paris ist.« – »Warum warst du nicht zum Schlafen nach Hause gefahren?« – »Ich kam gerade aus Deutschland zurück, und schon der Gedanke an meine Wohnung machte mich ganz niedergeschlagen. Ich war nicht weiter als sechzig Kilometer von Paris entfernt, aber ich hatte die Vorstellung, wenn ich in diesem Motel bliebe, könnte ich meine Reise noch etwas verlängern. Ich mag Motels. Ein anonymes Zimmer ... ramponierte Möbel ... ein großes Bett ... ein Fernseher außer Betrieb ...« – »Und ein Mädchen, oder?« – »Das hätte ich fast vergessen!«

»ICH SCHÄME MICH, alt zu sein, jetzt weißt du's!« Er saß auf einem der beiden Betten in dem Motel-Zimmer und beugte sich vor, um seine Schuhbänder aufzuknoten. Sie stand vor dem Waschbecken, betrachtete sich im Spiegel und zog mit den Fingern ihre Gesichtshaut straff. »Was erzählst du da?« sagte sie. »Du bist sehr nett.« – »Das mag sein, aber ich werde trotzdem langsam alt.« – »Nun mach aber 'nen Punkt. Zu bedauern bist du nicht gerade.« Sie drehte sich ein wenig zu ihm herum und lächelte ihm zu. Er hatte einen seiner Schuhe ausgezogen und richtete sich auf, wobei er sich mit beiden Händen die Hüften hielt. »Ich habe Arthrose.« – »Und ich habe meine Regel«, erwiderte sie. »Das wird uns beide bestimmt nicht daran hindern, ein schönes Schläfchen zu machen.« Sie wandte sich wieder ihrem Spiegelbild zu.

Das Motel lag nur einige Meter abseits der A l. Trotz des Walls aus Bäumen hörte man die Autos vorbeifahren. Jedesmal, wenn ein Schwertransporter vorüberzog, erzitterten die vier Wände des Zimmers wie ein Mensch, dessen vier Glieder schlottern. Es war ein sehr einfaches Zimmer mit einer grau-blau gestreiften Tapete. In der Mitte das Bett. Rechts das Waschbecken. Links ein alter

Fernseher. Neben dem Bett ein Nachttisch. Auf der anderen Seite ein Kühlschrank. Sie hielt ihre Oberlippe zwischen Daumen und Zeigefinger, stülpte sie nach oben und prüfte eingehend ihre Zähne. Er stieß den Schuh, den er sich gerade ausgezogen hatte, unter das Bett, ging mit einem entblößten und einem beschuhten Fuß auf sie zu und umschlang sie von hinten. Sie warf den Kopf zurück, und ihr Haar strich über sein Gesicht. Ihr Haar war blond, lang, gerade geschnitten und reichte ihr bis zur Hälfte des Rückens. »Du bist wirklich schön«, sagte er. »Ich bin zu dick! Drei oder vier Kilo müssen runter. Man ißt zu viele Pommes frites in diesem Motel.« Er faßte sie an den Hüften, zog sie an sich und preßte ihre Schenkel, deren Festigkeit und Schwere er unter der Jeans spüren konnte, fest an seinen hart werdenden Schwanz. Sie hielt ihr Gesicht so nahe an den Spiegel, daß sie das Glas berührte, und begann sich abzuschminken. Sie träufelte etwas weiße, sanft duftende Flüssigkeit auf einen Wattebausch und fuhr sich damit energisch über das Gesicht – die Stirn, dann die Nase, zuletzt die Wangen. »Es macht dir doch nichts aus, wenn ich den Lippenstift abwische?« fragte sie. »Ich habe genug von diesem Erdbeergeschmack.« Sie fuhr mit der Watte über ihre Lippen, und für einen Augenblick war der ganze untere Teil ihres Gesichts rot verschmiert. Zerquetschte Erdbeeren. Er dachte: So würde es aussehen, wenn plötzlich jemand mit einer Waffe käme und ihr das Gesicht zerschlüge. Er preßte sich immer noch gegen sie, und sie ließ es bereitwillig geschehen. »Du hast einen schönen Arsch«, sagte er leise. »Du denkst immer nur an das eine, den Arsch.« Er befürchtete schon, sie könnte ihre

Schenkel zurückziehen, aber nein, sie ließ es weiter geschehen, als bemerke sie es gar nicht. Sie war groß, blond, von schwerem Körperbau, zweifellos ein Mädchen des Nordens. Ihre Haut war sehr weiß, an den Ellbogen gerötet. Ihre Hände waren groß, vierkantig, mit abgekauten Fingernägeln. Jeder Nagel war mit einem kleinen Klecks roten Nagellacks versehen. Arbeiterhände. Er schämte sich. Er ließ sie in Ruhe, setzte sich wieder aufs Bett und begann seinen zweiten Schuh auszuziehen. »Nimmst du mich morgen mit nach Paris?« fragte sie. Sie hatte eine Bürste ergriffen und strich kraftvoll damit durch ihr Haar. »Hundertmal nach jeder Seite, sonst sieht es nach nichts aus.« Er streifte den zweiten Schuh ab und stieß ihn unters Bett zu dem anderen. »Was hast du in Paris vor?« fragte er. »Kennst du dort Leute?« – »Dich kenne ich doch.« – »Ich bin verheiratet, weißt du, und ich habe schon Mühe genug, meine eigenen Brötchen zu verdienen.« – »Du hast mir bereits gesagt, daß du verheiratet bist. Wir könnten uns vielleicht trotzdem sehen? Ich würde mir gern in Privatvorführungen Filme anschauen. Du hast mir gesagt, du könntest mich von Zeit zu Zeit zu so etwas mitnehmen. Das muß toll sein. Normalerweise ist das einflußreichen Leuten vorbehalten, oder?« Er hatte ihr das tatsächlich gesagt, während er seinen Nachtisch aß; da sie mit ihrer Arbeit fertig war, hatte er sie eingeladen, einen Kaffee mit ihm zu trinken. Er war der letzte Gast in der Cafeteria. Sie hatte zugestimmt, ohne sich lange bitten zu lassen. Sie hatten jeder zwei Espresso, dann zwei Bier getrunken. Er hatte ihr vorgeschlagen, ein letztes Bier in seinem Zimmer zu trinken, und gedacht, sie würde ablehnen, aber sie hatte die Einladung sofort angenommen, und so waren sie nun hier. Er faßte sich erneut mit beiden Händen an die Hüften und streckte den Oberkörper nach vorn, wobei er einen Erleichterungsseufzer ausstieß. Er litt neuerdings unter Arthrose, und es tat ihm gar nicht gut, seine Zeit hinter dem Steuer seines Wagens zu verbringen. Sie zog rasch ihre Jeans aus und setzte sich neben ihn. Ihre Beine waren nackt, und sie trug nur ein weit ausgeschnittenes Hemd, bedruckt mit dem Bild eines Lastwagens, sowie eine kurze rosa Baumwollhose mit hohem Bund, unter der sich ihre Frauenbinde abzeichnete. Sie berührte die Ausbeulung mit dem Zeigefinger. »Du bist mir doch nicht böse, wenn ich bei Binden bleibe? Tampons tun mir weh.« Ihre Oberschenkel waren lang und kräftig; ihn durchfuhr ein Anflug von Begierde, er legte ihr einen Arm um die Schulter und zog sie hinunter aufs Bett. Sie ließ sich zurücksinken. »Du kannst sie ausziehen, wenn du willst, es stört mich nicht.« – »Aber mich stört es sehr, besonders am Anfang. Heute morgen ging es los.«

Er hatte sein Gesicht über sie geneigt, küßte sie auf die Stirn, auf die Augen. Sie bewegte sich nicht, hielt ihre Augen geöffnet. Er sagte sich, daß er monströs aussehen mußte, den Kopf so vorgestreckt, daß die Haut sich in Falten legte. Glücklicherweise waren Frauen selbst monströs, sie liebten alte Männer genauso wie junge, wenn nicht noch mehr. Er hielt seinen Kopf etwas schräg, damit ihre Nasen nicht zusammenstießen, und preßte seine Lippen auf die leicht geöffneten Lippen des jungen Mädchens. Der Mund blieb unverändert, weder schloß, noch öffnete er sich. Die Lippen waren dick und weich. Er versuchte, mit seiner Zunge in ihren Mund vorzudringen, stieß aber gegen die Barriere ihrer Zähne, die sich nicht öffneten. Er zog seine Zunge halbwegs zurück, erkundete jetzt die Lippen von innen her, erst die untere, dann die obere, und saugte lange erst an der einen, dann an der anderen; dann hob er seinen Kopf etwas an und atmete aufmerksam Gesicht, Hals und Schultern des jungen Mädchens. Sie schien auf den Kuß zu reagieren, denn sie entwickelte einen Raubtiergeruch. Sie war unbeweglich wie eine Tote. Er hörte auf, ihren Duft zu erkunden, und näherte sich erneut ihrem Gesicht. Er stützte sich auf einen Ellbogen und sah ihr in die Augen.

»Woran denkst du?« fragte er. »Ich überlege, ob du mir Geld gibst, damit ich mit dir schlafe.« – »Geld? Aber davon war überhaupt nicht die Rede.« – »Wie soll ich denn deiner Meinung nach in diesem Kaff überleben? Weißt du, wieviel man mir zahlt? Dreißig Francs pro Tag. Hinzu kommen die Trinkgelder, aber die liegen bei Null, denn die Bedienung ist bereits im Preis inbegriffen.« Sie legte eine Hand auf seinen Bauch. »Entscheide dich«, sagte sie, »denn zu alledem habe ich ziemliche Bauchschmerzen.« Er rührte sich nicht. Es gab nur zwei Möglichkeiten. Entweder ihr zu sagen: »Zieh deine Hosen wieder an, meine Gute, und verschwinde; ich habe nicht vor, einer Frau dafür Geld zu geben«, oder sie zu bezahlen. Er musterte das Zimmer, es war wirklich schäbig, und er betrachtete die Schenkel des Mädchens, die weiß und fest waren wie Alabaster (ganz richtig, dachte er: wie Alabaster). »Aber du nimmst ja deine Binde ab«, sagte er. Sie bejahte mit einem Nicken. »Okay, ich will fünfhundert Francs. Wenn du findest, daß es soviel nicht wert ist, mach ich 'ne Fliege.« Er zog seine Brieftasche aus der Gesäßtasche und zählte fünf Hundertfrancsscheine von den sieben ab, die ihm noch verblieben waren. Er hatte für den darauffolgenden Tag eine größere Anschaffung vorgehabt, auf die er nun verzichten würde. Die Alten mußten zahlen, so war es nun einmal. Sie nahm die Scheine, faltete sie zusammen und ließ sie durch das Dekolleté ihres Hemdes in ihren Büstenhalter gleiten. »Wenn du nichts dagegen hast, behalte ich meinen Büstenhalter an, denn mir tun die Brüste ziemlich weh.« Mit einer raschen Bewegung zog sie die Beine unter die Brust und entledigte sich ihrer Unterhose sowie der Binde, die in hohem Bogen durchs Zimmer wirbelten.

Dann glitt sie unter die Laken, drehte ihm den Rücken zu und streckte ihm das Hinterteil entgegen. Er hob das Laken leicht an und verharrte einige Augenblicke in der Betrachtung dieses monumentalen weißen Arsches. Sein Schwanz spannte sich, daß es schmerzte. Schnell zog er seine Hose aus und schmiegte sich an das junge Mädchen. »Das Leben ist doch der Mühe wert«, dachte er.

HARRIET HATTE MICH die Geschichte noch einmal erzählen lassen. Hatte mit in die Hände gestütztem Kinn und abwesendem Blick gelauscht. Als ich geendet hatte, fragte sie: »Was suchen die Männer?« – »Ich weiß es nicht.« – »Du mußt es doch wissen, schließlich bist du ein Mann. Liebe?« – »Wärme.« Der Regen hatte nachgelassen. Die Bar leerte sich. Wir brachen auf. Dreißig Kilometer weiter nördlich fuhren wir von der Autobahn ab in Richtung Clermont de l'Oise. Kurz vor der Stadt fanden wir ein recht modernes Hotel, in dem wir ein Zimmer mit zwei Betten nahmen. Als wir unsere Sachen ausgepackt hatten, zog es mich nach draußen, und ich fragte Harriet: »Kommst du mit?« – »Nein, ich warte hier auf dich; ich werde ein Bad nehmen, ich muß ein wenig nachdenken.« – »Du scheinst wieder besser in Form zu sein.« Sie hatte kein Wort von sich gegeben, seit wir das Motel verlassen hatten. »Während der Fahrt habe ich einen großen Entschluß gefaßt: Ich werde versuchen, Ruby davon zu überzeugen, daß er sich mit mir in Afrika niederlassen sollte.« Sie begab sich ins Badezimmer, und ich hörte, wie sie vor sich hin summte. Eine Viertelstunde später klingelte ich an der Tür der Buchhalterin, der Verwandten von Veerbeeke. Eine Stunde später wußte ich alles.

Héloïse Lemonnier war das jüngste von fünf Kindern. Ihre Eltern waren Bauern. Sie bewirtschafteten einen fünf Hektar großen Hof, der einer reichen Familie aus Lille gehörte und an der äußersten Grenze der Kommune von Saint-Just-en-Chaussée lag, im Herzen des Departements Oise. Sie arbeiteten hart, denn die Eigentümer des Hofes hatten in den siebziger Jahren große amerikanische Maschinen erworben, die für die intensive Nutzung des Bodens geeignet waren, und die kostspieligeren Maschinen wurden von den spezialisierten Gesellschaften, die sie importierten, gemietet – seitdem brauchte man so gut wie keine Arbeitskräfte mehr: Ein Ehepaar, Mann und Frau, dem manchmal Sohn oder Tochter zur Hand ging, reichte dank besagter Maschinen zur Bestellung von hundert Hektar Rüben- oder Weizenacker aus – während man noch in den fünfziger Jahren, zu Zeiten der ersten Traktoren, zehn Tagelöhner hatte einstellen müssen, und vor dem Krieg, zu Zeiten von Pferd und Pflug, gut fünfzig. Héloïse besuchte die Grundschule von Saint-Just und, da ihre Eltern sie nicht bei sich behalten konnten, jeden Mittwoch die Arbeitsstube der kleinen Gemeinschaft des regionalen Ordens der Töchter vom Heiligen Kreuz, zu dem zwei, drei Klöster im Oise sowie das Mutterhaus in Saint-Quentin, im benachbarten Aisne, gehörten. Héloïse war ein wißbegieriges Kind. Als sie zwölf Jahre alt war und ihre Schulprüfungen bestanden hatte, teilten die Nonnen den Eltern mit, sie seien bereit, sich auch weiterhin um ihre Erziehung zu kümmern, wenn sie eines Tages den Schleier nehmen würde. Die Eltern stimmten freudig zu, denn die anderen Söhne und Töchter in der Gegend mußten, wenn sie die Schule beendet hatten, unverzüglich anfangen zu arbeiten. Entweder blieben sie beim Ackerbau, oder aber sie begaben sich in die Stadt, wo die Jungen sich eine Lehrstelle suchten und die Mädchen Verkäuferin in einem Kaufhaus wurden. Héloïse war außer sich vor Freude. Sie packte ihren Koffer und machte sich auf zum Mutterhaus nach Saint-Quentin, ohne an Rückkehr auch nur zu denken. Im Mutterhaus gab es ein Kolleg, an dem sie ihren Mittelschulabschluß absolvierte. Die Schwestern erachteten es für überflüssig, daß sie bis zum Abitur weitermachte, denn sie sei, wenn auch sehr beflissen, für weiterführende Studien nicht begabt genug; statt dessen unterrichteten sie sie gründlich in den Künsten der Wäschepflege, der Aussteuerzusammenstellung und des Stickens, damit sie, wenn sie erst Nonne wäre, selbst eine Arbeitsstube führen könne. Mit sechzehn wurde sie als Novizin aufgenommen, mit neunzehn legte sie ihre ersten Gelübde ab und nahm den Schleier.

Die Töchter vom Heiligen Kreuz lebten in ihrem Jahrhundert. Die meiste Zeit schwärmten sie aus und besuchten die kleineren Gemeinschaften in den Kreisstädten, wo sie sich bemühten, den priesterlichen Kolonnen zur Seite zu stehen, die aus fünf, sechs Geistlichen bestanden und jeweils gut zwanzig Pfarrgemeinden in diesem entchristianisierten Norden zu betreuen hatten. Im Alltag trugen die Schwestern weltliche Kleidung, aber sobald sie zu den

Exerzitien im Mutterhaus gerufen wurden, was regelmäßig geschah, legten sie die traditionelle Tracht mit Schleier an. Nachdem Héloïse ihre ersten Gelübde abgelegt hatte, wurde sie zu Schwester Marie du Sacré-Cœur. Dieser Name wurde ihr in Saint-Just-en-Chaussée zuerkannt, woher sie stammte und wo sie unter Anleitung einer älteren Nonne die Arbeitsstube führen sollte, in der sie als kleines Mädchen das Sticken gelernt hatte. Sie war jetzt zweiundzwanzig Jahre alt, eine hochgewachsene junge Frau des Nordens, robust und behäbig. Ihr Gesicht war eher plump. Sie hatte blaßblaue Augen und fast weiße Augenbrauen und Wimpern. In Saint-Just, wo sie weltliche Kleidung zu tragen hatte, kleidete sie sich in lange Pullover und unförmige Röcke. Sie war glücklich, sobald sie zu den Exerzitien ins Stammhaus gerufen wurde und dort für einige Tage die lange schwarze Tracht und den Schleier anlegen mußte. Im März wurde sie aufgefordert, den österlichen Exerzitien beizuwohnen. Der Bischof von Beauvais hatte einen gewissen Pater Deschamps vom Dominikanerorden zum Prediger bestimmt. Die Nonnen mußten erleben, wie ein schlanker, junger, grau gekleideter Mann mit sehr schwarzem Haar und Madonnengesicht zu ihnen kam. Was für lange weiße Hände er hatte! Er hatte die Vierzig bereits überschritten, wirkte aber wie fünfundzwanzig. Jeder seiner Ansprachen ließ er in der dunklen Kapelle – in der die Oberin alle Statuen nach altem Brauch mit einem violetten Schleier hatte verdecken lassen und die man so, in dieser bedrohlich wirkenden Silhouette, bis Ostern belassen würde – eine kollektive Meditationsübung vorausgehen, bei der die Schwestern mit ansahen, wie er sich ekstatisch mit ausgebreiteten Armen bäuchlings auf die Stufen zum Altar warf und so dort verharrte, während sie mit hohen Stimmen ihre Bußpsalmen sangen. Als Héloïse ihn das erstemal sah, wie er sich mit fahlem Gesicht, verwirrtem Blick und blutleeren Lippen aufrichtete, begann sie am ganzen Körper zu zittern.

Die Schwestern standen um fünf Uhr morgens auf. Sie begaben sich zu einem einstündigen Gebet in die Kapelle, verrichteten eine Stunde lang verschiedene Arbeiten, kamen dann zur Messe wieder in die Kapelle und fanden sich schließlich um acht Uhr zu einem spärlichen Frühstück im Refektorium ein. Schweigen war die Regel im Refektorium. Während der Mahlzeiten wurde vorgelesen. Von viertel nach acht bis halb neun hatten sie Pause. Zu gewöhnlichen Zeiten nahmen sie dann ihre Arbeit wieder auf, aber zu Missionszeiten gingen sie zurück in die Kapelle, um dem Prediger zu lauschen. Unterricht, Exerzitien und Gebete bestimmten die Stunden bis halb zwölf. Von halb zwölf bis zwölf gab es eine Erholungspause, die viele von ihnen andachtsversunken in der Kapelle verbrachten. Um zwölf Uhr Mittagessen, und weiter wie bisher.

Um halb zwölf verließ Héloïse die Kapelle. Sie begab sich in die Gärtnerei, band sich eine blaue Schürze um, damit ihr Kleid nicht schmutzig würde, nahm eine Heckenschere und machte sich auf in den Garten. Zu der Zeit, als sie im Konvent gewohnt hatte, war es ihre Aufgabe gewesen, sich um die Blumen zu kümmern, weil sie einen »grünen Daumen« besaß. Immer, wenn sie hierher zurückkehrte, führte ihr erster Weg – nachdem sie die Mutter Oberin begrüßt und dem Herrn in der Kapelle ihre Verehrung bekundet hatte – sie zu den Rosenstöcken, die in allen möglichen Arten mehr als die Hälfte des Gartens einnahmen; der Rest wurde als Gemüsegarten genutzt. Ihr war am Vortage aufgefallen, daß die Nonne, die ihre Nachfolge in diesem Amt angetreten hatte, entweder aus mangelnder Erfahrung oder aus instinktiver Furcht, den Büschen durch grobes Abholzen »weh zu tun«, die verblühten Rosenstöcke viel zu lang gelassen hatte, so daß diese sich unter den Hagebutten krümmten, während sie doch streng zurückgeschnitten werden müssen, um sich erneut in voller Blüte entfalten zu können. Sie war den Tränen nahe, als sie sah, daß die gestutzten Stengel fast einen Meter lang viel zu schwächlich weiterwuchsen, so daß der Saft, wenn die nächste Blütezeit kam, einen viel zu langen Weg würde zurücklegen müssen und nicht die Kraft haben konnte, jene Explosion an Rosenblüten hervorzubringen, die die Floribunda, auch Polyantha genannt, die schönste von allen, ausmachte. Nachdem sie ihre Leinenschürze sorgfältig glattgestrichen hatte, kniete sie sich in die schwärzliche und, da es kürzlich geregnet hatte, etwas schlammige Erde neben dem ersten Busch in der Reihe, ergriff mit der linken Hand den ersten Ast, öffnete – nachdem sie mit dem Daumen der rechten Hand den kleinen Metallring, der die Gartenschere geschlossen hielt, hatte aufspringen lassen – die beiden Schneiden unter der Spannung der Sprungfeder weit und machte sich ohne jede Furcht daran, den Ast zwanzig Zentimeter vom Stamm abzuschneiden, so daß nur drei Augen zurückblieben, aus denen im Frühjahr die

Knospen sprießen würden. Da, wo sie die Schere angesetzt hatte, war der kleine Ast faserig, bereits von einer dünnen Rinde umschlossen und fingerdick. Héloïse konnte ihn nicht mit einem einzigen Schnitt abtrennen, sondern mußte die Schere mit beiden Händen greifen und alle Kraft aufwenden, damit sie in derselben Kerbe blieb. Sie biß die Zähne zusammen, ihre Augen verschleierten sich, jetzt fragte auch sie sich, ob die auf diese Art amputierten Sträucher nicht litten; sie wußte, daß ihr Blut der Saft war. Ein winziger, kaum wahrnehmbar geringelter Wurm von leuchtendem Grün war von den Klingen der Gartenschere erfaßt und glatt durchschnitten worden, und eine Hälfte von einem halben Zentimeter Länge krümmte sich auf der Innenseite der oberen Schneide, wo sie an der austretenden klebrigen, weißlichen Flüssigkeit hängengeblieben war. Héloïse schloß die Augen und drückte stärker. Bei dieser Anstrengung senkten sich ihre Schultern. Sie wirkte riesengroß und schwerfällig. Ihre Hände zitterten, vielleicht versuchte sie ja, den Ast zu kurz zu schneiden; ein wenig Schweiß perlte zu beiden Seiten ihrer Stirn, an den Wurzeln ihrer fahlen Haare. Eine tiefe männliche Stimme, die eine schwelende Glut zu bergen schien, sagte verhalten: »Was ist mit dir geschehen, meine Schwester?« Héloïse ließ die Heckenschere fallen, richtete sich mit einem Ruck auf und wischte ihre erdverkrusteten Hände an der Schürze ab. Die Schwester Klosterpförtnerin, die gerade in einem großen leinenen Sack Brot geholt hatte – zehn große Laibe pro Tag, die der Bäcker von Mouchy einer alten Gewohnheit entsprechend pünktlich zwanzig Minuten vor dem Mittagessen an der Gartenpforte ablieferte, die auch als Lieferanteneingang diente –, vermochte sich im nachhinein daran zu erinnern, daß sie gesehen hatte, wie Schwester Marie du Sacré-Cœur und Pater Deschamps sich in einer Nische der ersten Rosenstockreihe unterhielten. Sie standen reglos, ziemlich weit von einander entfernt und schienen, obwohl sie die beiden mit einem Kopfnicken begrüßte, als sie auf der anderen Seite des Beets an ihnen vorbeiging, die Schwester nicht zu sehen.

Pater Olivier Deschamps aus Paris hatte mühelos von seinen Superioren die Genehmigung erhalten, seine Mahlzeiten nicht im Kloster von Ully-Saint-Georges einnehmen und nicht im traditionsgemäß den Seelsorgern, Predigern und reisenden Geistlichen reservierten Flügel jenes Klosters wohnen zu müssen. Diese Genehmigung, die wenig früher noch außergewöhnlich gewesen wäre, verstand sich inzwischen fast von selbst: Seit dem Konzil war die Kirche bemüht, ihre Lebensweise so direkt wie möglich an der Welt auszurichten. Er war am Steuer seines eigenen 2 CV von der Oise her gekommen und hatte sich für die acht Tage, die für die Exerzitien angesetzt waren, im einzigen Hotel der kleinen Stadt einquartiert, dem »Relais de Picardie«, einem ungemütlichen dunkelroten, fast schwarzen Bauwerk. Gegen dreizehn Uhr kam er ins Hotel, um seine Reisetasche zu holen, und sagte der Wirtin, er sei nach Paris zurückberufen worden. Er bezahlte für drei Tage Unterkunft – und nicht nur für den einen, den er schuldig war –, damit ihr kein Nachteil aus seiner überstürzten Abreise erwuchs. Sie hörte das Küchenmixergeräusch des anfahrenden 2 CV, der vor dem Haus gestanden hatte, sah

ihn aber nicht abfahren und vermochte nicht zu sagen, ob jemand den Pater begleitete.
Als es zu Mittag läutete, fanden sich die Schwestern im Refektorium ein und stellten sich zum Tischgebet mit gesenkten Köpfen vor den langen Tischen auf. Der Platz von Schwester Marie du Sacré-Cœur war leer. Die Oberin sprach das Tischgebet, klatschte einmal in die Hände, damit man sich setzte, und wies dann mit dem Zeigefinger auf die Klosterpförtnerin: »Wo ist Schwester Marie du Sacré-Cœur?« – »Ich glaube, sie ist im Garten. Wahrscheinlich begutachtet sie gerade ihre Rosenstöcke.« – »Geh und hol sie«, sagte die Oberin mit einem Lächeln, denn sie war nachsichtig gegenüber der jungen Nonne, wußte, wie schwer es ihr gefallen war, ihren Garten zu verlassen, als sie nach Saint-Just berufen wurde. Die Schwester Pförtnerin lief in den Garten. Niemand. Sie lief in die Kapelle. Niemand. Sie lief in die Zelle von Schwester Marie du Sacré-Cœur. Niemand. Aber die grobe Wollrobe lag da neben dem Schleier auf der Pritsche, die als Lagerstatt diente. Der kleine Kleiderschrank war leer. Die Schwester Pförtnerin war einen Moment lang verwirrt, dann bemerkte sie ein zusammengefaltetes Stück Papier, das neben der Robe lag. Ohne auch nur daran zu denken, es zu lesen, brachte sie es der Oberin, wobei sie sorgsam darauf bedacht war, das Refektorium mit friedlichem Schritt zu betreten, als sei nichts geschehen. »Das lag auf dem Bett.« – »Sehr gut, setz dich.« Die Oberin steckte das Stück Papier in die Tasche und aß weiter. Das Mittagessen dauerte fünfzehn Minuten. An der Stirnseite des Tisches saß eine ältere Schwester, die für diese Woche mit der

Lesung beauftragt war; stockend las sie ein Kapitel aus dem Buch Jesaia, über das nachzudenken der Prediger am ersten Tag aufgefordert hatte. »Was soll mir die Men-ge eurer Opf-er? spricht der Herr, ich bin satt der Brand-opf-er von Wid-dern, und des Fet-tes der Mast-käl-ber; ich habe keine Lust zum Blut der Far-ren, Läm-mer und Böcke ...« Den letzten Happen hinuntergeschluckt, klatschen, man erhob sich, Dankgebet, die Schwestern gingen hinaus; es gab eine Viertelstunde Pause, ehe die Exerzitien wieder aufgenommen wurden. Die Oberin begab sich in den Kreuzgang, zog das Papier aus ihrer Tasche, entfaltete es und las. »Mutter Oberin, ich gehe fort, sucht nicht nach mir, ich komme nie mehr zurück, ich bitte Euch und die anderen Schwestern, mir zu verzeihen.« Die Nachricht war nicht mit Marie du Sacré-Cœur unterschrieben, sondern mit Héloïse Lemonnier. Die Schwester Pförtnerin kam auf sie zu. »Pater Deschamps hat gerade angerufen. Er ist krank. Er muß dringend zurück nach Paris.« – »Teil den Schwestern mit, daß wir uns nicht in der Kapelle einfinden. Sie sollen ihre Arbeiten wieder aufnehmen.«

Sie nahmen ein Zimmer in einem kleinen Hotel direkt gegenüber der Gare du Nord, dem »Hotel de Calais«, wo er schon einmal nach der Erfüllung einer Mission abgestiegen war. Die Zimmer wurden monatsweise vermietet. Es war das bescheidenste aller Zimmer unter dem Dach, in das durch eine Dachluke Licht einfiel, mit WC auf dem Treppenabsatz, für tausend Francs im Monat. Er hatte bei der Sparkasse ein Guthaben von zehntausend Francs. Er bezahlte für drei Monate im voraus. In einer Ecke installierte er einen mit Butangas betriebenen Campingkocher, auf dem sie sich morgens Kaffee kochen würden. Zu Mittag würden sie ein belegtes Brot essen. Abends würden sie in dem McDonald's-Restaurant, das gerade auf dem Platz eröffnet worden war, einen Hamburger zu sich nehmen. Er brachte seinen 2 CV hinter dem Lariboisière-Krankenhaus auf einem für die Beschäftigten der SNCF reservierten Parkplatz unter, wo er ihn schon einmal mehrere Wochen lang hatte stehen lassen, ohne daß er kontrolliert worden wäre. Er machte sich auf in die Rue du Bac, um seinen Ordensprovinzial zu begrüßen, und eröffnete ihm, er habe beschlossen, den Orden zu verlassen und mit einer Frau zu leben. Pater Termier versuchte nicht, ihn zurückzuhalten: Seit dem Konzil hatten fünfundachtzig Priester geheiratet, die Bewegung schien unaufhaltsam, bald würde man verheirateten Männern die Priesterweihe erteilen, und in fünfzig Jahren würde es Priesterinnen geben. Entweder das oder die Kirche wäre am Ende. Die Protestanten wiesen den Weg. In den USA hatte die evangelische Kirche eine Frau zur Bischöfin gewählt. Sie pflegte ihre Fingernägel sorgfältig und streifte sich Strumpfhosen über, bevor sie ihre sakrale Tracht anlegte. »Ich will hoffen, daß der Herr mich zu sich gerufen haben wird, bevor sich solches ereignet«, sagte der Provinzial. »Wer weiß, ob wir eines schönen Tages noch den Christen vom Antichristen unterscheiden können? Er ist vielleicht da, ohne daß wir es wissen.« Deschamps war auf die Knie gesunken. Der alte Mann schlug über seinem Haupt das Zeichen des Kreuzes. Deschamps verließ das Arbeitszimmer. Zum letztenmal,

aller Wahrscheinlichkeit nach, roch er das Bohnerwachs auf dem Flur. Er atmete tief durch und füllte seine Lungen mit dem Geruch. Als er in seine Zelle zurückgekehrt war, die im Herzen von Paris auf einen von hohen Mauern geschützten, großen Park ging, raffte er seine wenigen Kleidungsstücke, einen tragbaren Fernseher sowie seine Bücher zusammen und brachte alles ins Hotel. Er begab sich auf Arbeitssuche. Héloïse blieb acht Tage im Bett, sie ging nicht aus, stand nicht auf und sprach so gut wie gar nicht. Ihr war kalt. Er kaufte ihr eine Wärmflasche, ein Hauskleid aus Wolle, handgestrickte Socken, die man auch im Bett anbehalten konnte. Sie hatte sich nicht entkleidet. Sie lag auf dem Rücken in den Laken, in Rock und Pullover, darüber das Hauskleid, die Hände über dem Bauch gekreuzt. Er hatte sie nicht einmal geküßt. Vier-, fünfmal hatte er seine zitternden Lippen auf ihre harte, eiskalte Stirn gepreßt. Sie hatte sich nicht gerührt. Sie hatte mit ihren blassen Augen zugesehen, wie er näherkam. Wiederholt hatte er sie gefragt: »Bereust du, was wir getan haben?« – »Nein.«
Seine Ersparnisse schmolzen zusehends dahin. Er hatte in den Läden des Viertels Kleinanzeigen angeheftet: »Dr. phil. erteilt Latein- und Französischunterricht jeden Niveaus.« Aber bislang hatte sich noch nichts ergeben. Er erinnerte sich daran, daß ein ehemaliger Missionskollege, mit dem er mehrmals in Großstädten als Prediger zusammengearbeitet hatte, der Sohn eines großen normannischen Landwirts und sehr reich war. Tag für Tag versuchte er, ihn im Stammhaus der Dominikaner telefonisch zu erreichen. Am achten Tag war Horlaville da. Deschamps

verabredete sich mit ihm im Restaurant an der Gare du Nord. Sie hatten sich drei Wochen lang nicht gesehen, aber ihm kamen sie vor wie Jahre. Er erwartete ihn an einem Tisch im hinteren Teil des Restaurants. Horlaville trat aus der Menge, kam auf ihn zu und schloß ihn in die Arme. »Aber du hast ja bestimmt zehn Kilo abgenommen! Und besonders dick warst du auch vorher nicht ...« Sie setzten sich, bestellten einen Kaffee, und Deschamps erzählte alles. Horlaville stellte Fragen. Suchte die Polizei sie? »Aber nein ... Es handelt sich um das Ausreißen zweier Erwachsener ... Die Polizei hat dabei nichts zu suchen.« – »Und die Nonnen?« – »Die sind verbittert, aber was sollen sie machen?« – »Wahrscheinlich haben sie die anderen Klöster benachrichtigt, für den Fall, daß deine Begleiterin versuchen sollte zurückzukehren; weiter werden sie nichts unternommen haben. Hast du die Absicht, sie zu heiraten?« – »Ich weiß nicht.« – »Kann ich etwas für dich tun?« – »Du könntest mir Geld leihen.« – »Wieviel?« – »Fünfzehn- ... zwanzigtausend Francs ... damit ich drei Monate Spielraum habe ... Ich suche Arbeit.« – »Kein Problem. Auf dem Konto meiner Eltern ist genug Geld. Ich habe eine Bankvollmacht. Ich werde dir sofort einen Scheck ausstellen.« – »Und es macht dir wirklich nichts aus?« – »Aber nein.« Horlaville stellte einen Scheck über zwanzigtausend Francs aus, den sie bei der nächsten Bank gutschreiben lassen würden, nur hundert Meter entfernt, in einer Filiale des Crédit du Nord, wo Deschamps ein Konto eröffnet hatte. Draußen auf der Straße umarmten sie einander noch einmal. »Zögere keinen Augenblick, mir ein Zeichen zu geben, wenn ich etwas für dich tun kann, was immer es sein mag.« Deschamps spürte, wie seine Lippen zu zittern begannen. »Du verurteilst nicht, was ich getan habe?« – »Wer vermag zu urteilen?« Horlaville verlor sich in der Menschenmenge. Im letzten Moment drehte er sich noch einmal um und winkte. Deschamps kehrte ins Hotel zurück und nahm ein größeres Zimmer im dritten Stock, mit eigener Toilette und Blick auf den Platz. Héloïse lächelte zum erstenmal, seit sie in Paris angekommen waren. Am dritten Tag ließ sie sich, nachdem sie das Bett gemacht hatte, in einem großen Sessel neben dem Fenster nieder.

Es ist wahr, daß Sophia Garezzo, die bis dahin ein völlig geordnetes Leben geführt, ausschließlich für ihren Ehemann und ihre Kinder gesorgt und sich keinen anderen Zerstreuungen als guten Werken hingegeben hatte, auf einem Wohltätigkeitsfest einen österreichischen Kavalier kennenlernte, der sich, während sie die Abreißblöcke einer Tombola nachzählten, vorneigte, als wolle er ihr eine Nummer mitteilen, und ihr unvermittelt sein Begehren ins Ohr flüsterte. Er stand hinter ihr, sie hatte ihn gesehen. Da sie nicht wußte, wie sie sich verhalten sollte, sagte sie zu allem, was er ihr vorschlug, ja. Er hatte ihr zugeraunt, sie solle sich am nächsten Tag um drei Uhr nachmittags zwanzig Kilometer außerhalb von Rom, in einem Pinienhain südlich des kleinen Dorfes Carretto, mit ihm treffen. Sie fuhr mit dem Auto. Er erwartete sie am Waldrand. Sie parkte ihren Wagen neben seinem, den er verstohlen hinter einer Baumgruppe abgestellt hatte, und dann drangen sie tief in das Piniendickicht ein. Er schien zu wissen, wohin sie gingen. Sie marschierte neben ihm, ohne ein Wort zu sagen. Sie trug ein langes rotes Kleid und nichts darunter. Sie gelangten an eine kleine, von Dornenbüschen umgebene Lichtung, die nach allen Seiten gegen Blicke abgeschirmt zu sein schien. »Da sind wir«, sagte er. Sie legte sich auf den Boden und öffnete ihr Kleid. Zehn Minuten später hatten sie sich geliebt. »Ich habe furchtbaren Hunger«, sagte er. »Ich auch.« Sie lehnte sich gegen einen Baum. Sie knöpfte ihr Kleid nicht wieder zu. Sie blieb nach vorn gebeugt sitzen, mit hängender Brust, die Unterarme auf die Knie gestützt. »Warten Sie fünf Minuten.« Er verschwand, eilte den Pfad hinunter und kehrte mit einem Picknickkorb zurück. Er öffnete den Korb, zog ein in Butterbrotpapier gewickeltes Paket hervor, das ein in vier Teile zerlegtes Huhn enthielt, und reichte Sophia Garezzo mit zärtlichem Gesichtsausdruck Teller und Besteck. Aber sie schüttelte ablehnend den Kopf. Sie aßen das Huhn mit den Fingern; sie immer noch an den Baumstamm gelehnt, die Schenkel gespreizt, er ihr gegenüber sitzend. Er hatte vor ihr aufgegessen, und da sie noch immer am Keulenknochen herumnagte, zog er einen kleinen Fotoapparat aus seiner Jackentasche und fotografierte sie dabei. Einige Tage später schickte er ihr einen Pralinenkasten nach Hause, in den er einige dieser Aufnahmen hatte gleiten lassen. Sie sah ihn nie wieder.

Woche für Woche hatte Sophia Garezzo wiederholt versucht, die Stelle, an der diese Aufnahmen entstanden waren, wiederzufinden. Es war ihr nicht gelungen. Zwar fand sie den Platz, an dem sie sich mit dem Österreicher getroffen hatte, die Stelle, an der sie die Autos versteckt hatten, aber den kleinen Pfad, den er so entschlossen und stürmisch eingeschlagen hatte, und die heimliche Lichtung, auf die sie gestoßen waren und auf der sie sich ausgestreckt hatte, konnte sie einfach nicht wiederfinden. Sie war inzwischen eine ziemlich alte Frau; zwar noch nicht so alt, daß sie nicht mehr in den Spiegel sehen konnte (wenngleich sie spürte, daß der Moment näher rückte, in dem sie ihr Bildnis nicht länger würde ertragen können und in dem sie alle großen und kleinen Spiegel der Villa mit violetten Schleiern verhüllen lassen würde, und zum Teufel mit dem Was-sollen-denn-die-Leute-dazu-Sagen!), aber doch alt genug, daß selbst ein alter Lebemann wie Paolo Frolani, der – den Gerüchten, die in den römischen Salons kursierten, zufolge – allem nachstellte, was Röcke trug, sie abrupt vernachlässigte. Der Gedanke an dieses unerwartete Ausweichen erfüllte ihr Herz mit Bitterkeit. Sie vermutete keineswegs, daß der Journalist die versteckten Fotos entdeckt haben könnte, sondern glaubte einfach, er habe sich auf die eine oder andere Weise beim Personal nach ihrem Alter erkundigt (beim Portier? ... beim Hausdiener? ... beim Chauffeur? ... beim Zimmermädchen? ... ein Wort dieser Leute reichte aus!) und, verstimmt über das, was er da erfahren hatte, die Flucht angetreten. Zweifellos würde sie niemals das entscheidende Wort erfahren ... Ihr blieben all die Tage, die sie noch zu leben hatte, zum Wütendsein. Eine junge Frau, die außer sich ist, hat immer noch die Muße, auf Rache zu sinnen, eine Frau ihres Alters nicht mehr. Die Zeit, noch vor kurzem ihr Verbündeter, war ihr Feind geworden, ein Feind, den man nicht besiegen kann. Zu guter Letzt stieß sie auf eine Lichtung, die jener, auf der sie sich dem Österreicher hingegeben hatte, ziemlich ähnlich war; vor allem gab es dort einen Baum, der dem Stamm zum Verwechseln ähnelte, gegen den sie sich, nachdem sie sich geliebt hatten, gelehnt hatte ... während der

Mann etwas zum Essen holte und während sie das kalte Huhn mit den Fingern aßen. Sie setzte sich hin, nach vorn gebeugt, die Beine gespreizt, die Unterarme auf die Knie gestützt, und betrachtete die sandige Lichtung, als wäre sie imstande, einzig durch die Kraft ihres Blickes den großen, schroffen Mann mit dem schütteren Haar und dem ziemlich jungen, aber von zwei tiefen Falten gezeichneten Gesicht aus dem Nichts heraufzubeschwören, der ihr, während sie aß, zwischen die Schenkel gesehen und sie so fotografiert hatte, ohne daß sie das beunruhigt oder beim Essen beeinträchtigt hatte. Sie war frei gewesen an jenem Tag.

Als sie an einem Frühlingsnachmittag von einem Spaziergang aus dem Pinienwäldchen kam, wurde sie von einer heftigen Begierde nach Leben gepackt und konnte sich nicht entschließen, gleich nach Hause zurückzukehren. Einige Tage zuvor war sie zweiundsechzig Jahre alt geworden. Sie nahm auf gut Glück kleine Wege zwischen den Hügeln und fand sich bald, nachdem sie Rom von Westen her umgangen hatte, vor Tarquinia wieder, dessen hohe Türme sie zu rufen schienen. Sie begab sich in die Stadt und besichtigte das Etruskische Museum. Lange blieb sie vor einem Sarkophag stehen, der ein halb liegendes Paar darstellte, das – neben dem Eingang zu einem kleinen Saal, in dem laut Katalog Vasen ausgestellt waren – die Besucher zu empfangen schien. Ihre Gesichter waren glatt. Sie lächelten. Sie schienen ein jenseits des Tages erworbenes Wissen übermitteln zu wollen; schienen zu sagen, daß das Leben, ebenso wie der Tod, ein Mysterium

sei, das zu genießen die Lebenden sich beeilen sollten. Zeit für Weisheit bleibe hinterher. Sie betrachtete die beiden Etrusker lange und schwor sich, obszöne Handlungen auch ganz allein vorzunehmen, falls sie keinen jungen Mann mehr dafür fände. Es waren Schritte zu hören, und sie versteckte sich in einem Winkel. Dann sah sie an der Spitze einer kleinen Gruppe von Touristen Paolo Frolani, den Mann, der sie gedemütigt hatte, den Saal betreten. Die Gruppe blieb vor dem Sarkophag stehen, und der Journalist, der ihr mit seinem ausgemergelten Gesicht von trübem Rosa entsetzlich alt vorkam, begann weitschweifige Reden zu halten, mit einer blasierten Stimme, die durch das Alter quietschend und brüchig geworden war. Sie ging auf Zehenspitzen hinaus, ohne daß man sie sah.
Paolo Frolani hatte eine Delegation europäischer Journalisten, die meisten von ihnen Volontäre, die zu einem Kongreß nach Rom gekommen waren, ins Etruskische Museum von Tarquinia geführt. Er zeigte ihnen den Doppelsarkophag als eine exotische Kuriosität, die man eher in Sarmakand oder Persepolis als hier in Tarquinia vorzufinden erwartete, und präzisierte, daß, wenn die Römer sich mit gutem Recht schmeicheln dürften, keine Italiener zu sein (er tat so, als spucke er auf den Boden), die Etrusker ebensowenig Italiener gewesen seien (er tat ein zweitesmal so, als spucke er auf den Boden). Eine junge Journalistin, eine Engländerin mit sehr weißer Haut, gelbem, strähnigem Haar, platter Nase und weit auseinanderliegenden, verblichen grauen Augen, mußte lachen. Paolo Frolani wandte sich ihr mit einer raschen Kasperlebewegung zu und versuchte, die Spiegelung seiner selbst in den zwei

großen, gut verwurzelten Schneidezähnen auszumachen, die die lachenden Lippen der jungen Frau entblößt hatten und die wie zwei Stücke Glimmer glänzten. »Ich liebe milchige Haut«, sagte er laut. Daraufhin wandte er sich ebenso unvermittelt wieder den Etruskern zu und salbaderte weiter.

»Vielleicht«, sagte er später zu der jungen Engländerin, wobei er vertraulich ihren Ellbogen faßte, ihn wie in einer Zange zwischen Daumen und Zeigefinger hielt und die Elastizität ihrer Haut auskostete, während sie gemächlich eine lange Pinienallee entlangspazierten, die jenseits des Horizonts abrupt ins glitzernde, flache Meer mündete, »vielleicht wären Sie bereit, mich zu bepinkeln, wenn ich Sie höflich darum bäte ...?« – »Vor den Etruskern?« – »Nein, bei mir zu Hause in Rom.« Sie antwortete nicht, schien zu träumen. »Haben Sie bemerkt«, fragte er, »daß ihre edlen Gesichter Augen haben, darin aber keine Iris zu erkennen ist? Sie sind blinde Sehende.« – »Ja, das habe ich bemerkt ... Das ist das Verwirrende an ihnen, glaube ich, irritierender noch als ihr etwas seltsames Lächeln.« – »Sie haben meine erste Frage noch nicht beantwortet.« – »I'm British: no sex, please«, sagte sie in scherzhaftem Ton. »Aber ich bin Römer«, erwiderte er in verzweifelt seriösem Ton und begriff, daß sie ihm entschlüpfen würde. Sie nahm das Gespräch nicht wieder auf, sondern machte ihren Arm los, und als sie am Ende der Allee ankamen und er sich anschickte, ihr vorzuschlagen, sie möge bei ihm bleiben und mit ihm die wunderbare Landschaft genießen, verabschiedete sie sich mit einem Nicken und gesellte sich wieder zu ihren Freunden. Er sah ihr nach. Sie drehte sich

nicht um. Er setzte sich betrübt auf einen großen Stein, beugte sich vor und blickte weit hinaus auf das spiegelglatte Meer.
Die kleine Gruppe der Journalisten begann den Hügel hinabzusteigen, um sich wieder zu dem Bus, der sie von Rom hierhergebracht hatte, zu begeben. Er hörte ihr Gelächter. Zu dem trockenen Duft der Pinien mischte sich das sinnliche Aroma von Lorbeer. Sobald er sich absolut allein glaubte, weinte er. Weinen ist vielleicht zuviel gesagt: Er vergoß aus dem rechten Auge so etwas wie eine Träne, die über sein zerfurchtes Gesicht bis zum Mund rann, eine salzige Träne im Angesicht des salzigen Meeres, das war alles.

Auf der Rückfahrt nahm Paolo Frolani wieder den Platz neben dem Fahrer ein, auf dem er bereits während der Hinfahrt gesessen hatte. Er hatte seine Enttäuschung überwunden und begann mit seiner plappernden, brüchigen Stimme mit dem Fahrer zu schwatzen, einem jungen, breitschultrigen Mann mit Unterarmen voller tiefschwarzer Haare, die wie Fell glänzten. Die junge Engländerin, mit der er unter den Pinien herumspaziert war, hatte sich auf die letzte Bank des Busses ans Fenster gesetzt, daneben saß ihre Freundin, die bei derselben Zeitung arbeitete und mit der sie sich das Zimmer in Rom teilte. Es war sechs Uhr abends. Der Himmel schimmerte rosa und perlmuttfarben, langgestreckte, schlanke, weißrosa Wolken schwebten träge vorüber, an der Unterseite golden entflammt. »Wie schön ist doch Italien!« sagte sie halblaut. Ihre Freundin schob einen Arm unter den ihren, die Arme der beiden jungen Frauen waren entblößt, denn sie trugen leichte, ärmellose Kleider. Sie beugte sich vor und flüsterte ihr ins Ohr: »Was hat er zu dir gesagt, der alte Narr, als ihr da unter den Bäumen herumspaziert seid?« – »Er hat mich irgend so einen Blödsinn gefragt. Irgend etwas Schmieriges.« – »Und bist du darauf eingegangen?« – »Ich bin weggegangen.« Es entstand ein Schweigen. Die Nacht brach herein. Der Himmel verdunkelte sich. Die Wolken blieben rosa, aber an ihrer Unterseite flammte kein Goldstaub mehr. Er war einem Purpurrot gewichen. »Wollen wir heute abend nicht zusammenbleiben?« fragte die Freundin mit leiser Stimme. »Wir könnten uns das Abendessen aufs Zimmer kommen lassen und ...« – »Ich weiß nicht ... Vielleicht gehe ich zu diesem Mann ...« Sie zog ihren nackten Arm zurück, wie sie ihn auch aus der Hand des alten Journalisten zurückgezogen hatte. Sie preßte ihre Stirn gegen die Scheibe, die von der Hitze des Tages noch warm war. Die Nacht war da. Der Himmel war abrupt in ein tiefes, fast schwarzes Blau übergegangen und hatte sich mit Sternen gefüllt. Der Bus raste über die Autobahn. Man sah Städte auf Felsen liegen und über den Städten die Sterne und über den Sternen weitere Sterne, bis in Unendliche.

HARRIET LIESS SICH von Harry Foster ins M.I.T. einladen und sprach dort mit Ruby Bobo unter vier Augen. Sie erzählte ihm, was ihr widerfahren war, und von den Plänen, die sie für sie beide gemacht hatte. Wie sie es geahnt hatte, war Ruby in sie verliebt. Er hatte viele schwarze Frauen gehabt (er nannte sie: »schwarze *Schwestern*«) und nur sehr wenige weiße (er nannte sie: »weiße *Schwestern*«), obwohl er letztere den ersteren eindeutig vorzog – denn in den USA (im Süden, aber auch im Zentrum, an der Ostküste und besonders im Staate Massachusetts) unterlagen die Beziehungen zwischen Männern und Frauen verschiedener Rassen weiterhin einem Tabu. Gewiß hatte sich das allgemeine Klima seit den Aufständen in den Siebzigern verändert, und man machte den Schwarzen ihre Grundrechte nicht mehr streitig, aber im praktischen Leben hatten sich die Dinge nur langsam entwickelt, sogar auf dem Campus. Etliche Weiße zeigten sich den Schwarzen gegenüber – selbst wenn ihr persönlicher Geschmack zu ihnen tendierte – weiterhin ziemlich reserviert, um sich nicht von der eigenen Gemeinschaft abzusondern. »Genau das ist bei mir der Fall, wegen meiner großen Feigheit«, sagte Harriet in einem Ton ungeheuchelter Demut. »Ich weiß, wenn ich hier offen mit dir leben würde, käme meine Mutter mich nicht mehr besuchen.« – »Hängst du so sehr an deiner Mutter?« fragte Ruby. »Ich hasse sie, sie hat mir weh getan, aber sie ist sehr alt; in gewisser Weise hänge ich eben doch an ihr – ebenso wie du an deiner. Das ist schwer zu erklären.« – »Meine Mutter verbietet mir den Umgang mit weißen Schwestern nicht.« – »Aber vielleicht ist sie traurig darüber, daß du ihn hast.« – »Schon möglich.« Er wurde nachdenklich. Seine Mutter hatte ihn oft gescholten, weil er es liebte, sich mit weißen Frauen zu zeigen, und zwei seiner jüngeren Brüder, die er sehr mochte, sprachen aus demselben Grund kein Wort mehr mit ihm. Er war nackt, herrlich muskulös, nur bekleidet mit leuchtend gelb und phosphoreszierend grün gemusterten Boxershorts, und saß im Schneidersitz auf der Matte, die den Boden bedeckte, den Rücken gegen das Fenster gelehnt. Harriet hatte ein langes weißes, mit schwarzen Stickereien verziertes Baumwollkleid mit Kragen und langen Ärmeln angelegt – das sie stets bei Foster ließ, um es sich bequem machen zu können, wenn sie kam, um Musik zu hören und mit den Schwarzen zu reden – und saß fünf Schritte von Ruby entfernt, ebenfalls im Schneidersitz, den Rücken gegen den Rahmen des Sofas gelehnt. »Um es kurz zu machen«, sagte sie schwärmerisch, »was ich dir vorschlage, ist, daß wir nach Afrika gehen und dort zusammenleben, um uns in aller Freiheit lieben zu können. Solange ich in den USA lebe, werde ich nicht die Kraft dazu haben. Verzeih mir diese Feigheit, sie ist eigentlich nicht typisch für mich. Und dennoch ist sie wahrhaftig vorhanden, leider Gottes!« Ruby begann zu lachen und zeigte dabei ein kleines Stück rosa Zunge, rosa wie die Zunge einer Katze. »Man muß wirklich eine Weiße oder ein Weißer sein, um es zu wagen, von seiner Feigheit zu sprechen!« sagte er. »Der Schwarze ist ein Löwe, der keine Schwäche kennt.« Jetzt mußte Harriet lachen. Es war das erstemal, daß sie sich so lange mit Ruby unterhielt, und sie amüsierte sich über seine Sicherheit ebenso wie über seine phantasievolle Sprache. So redeten die Schwarzen. Er unterschied sich nicht von den anderen. Sein Gesicht, seine Stimme waren die Frische selbst. Harriet lächelte ihm in einer Art zu, die zu besagen schien: »Alles, was du willst.« Foster kam mit einem Tablett herein und bot ihnen Pfefferminztee an. Er stellte das Tablett auf einen ledernen Polsterhocker. Er war Student der Atomphysik. Er trug sorgfältig über den Knien aufgeschlitzte Jeans und ein T-Shirt in den M.I.T.-Farben. Er hatte Riesenhände mit über die Fingerkuppen gewölbten, krallenähnlichen Nägeln. Am kleinen Finger der rechten Hand trug er einen Siegelring aus massivem Gold, in den ein Freimaurerzeichen eingraviert war. Er vertrat die Linie der Republikaner, denn er schätzte, daß diese eines Tages unweigerlich gezwungen sein würden, den Schwarzen eine Plattform zu bieten, wie es die Demokraten so gut hinbekommen hatten, und rechnete damit, daß man dann den roten Teppich für ihn ausrollen würde. Er litt unter einer Schwiele am linken großen Zeh, deshalb war sein linker Fuß nackt, während er am rechten, da er soeben von einem seiner Seminare gekommen war, noch immer einen spiegelblank geputzten Dexter-Stiefel trug, gekauft direkt in der Dexter Shoe Company, 31 Saint-James Avenue in Boston. Ruby erklärte ihm die Lage. »An deiner Stelle würde ich, ohne zu zögern, annehmen«, sagte Foster. »In Afrika zu leben wird dir mit Sicherheit sehr guttun.« – »Wie stellen Sie es bloß an, daß Ihre Stiefel so glänzen?« fragte Harriet. »Ich wienere sie morgens und abends, aber zuvor spucke ich auf das Leder«, erwiderte Foster. »Ein Trick, den schon John Kennedy kannte.« – »Kennedy, shit«, sagte Harriet. »Ich besinge Afrika wie die Lyra den Tag«, sagte Ruby. »Ja, aber du besingst es, ohne es je gesehen zu haben, während die Lyra das Licht kennt, das sie besingt«, entgegnete Foster. Er mußte sich zusammennehmen, um sich nicht anmerken zu lassen, wie glücklich er war bei dem Gedanken, daß Ruby, der in Boston eine Berühmtheit war, nach Afrika verschwinden könnte und er selbst auf dem Campus nicht länger in dessen Schatten stände. »Du wirst Afrika besser besingen können, wenn du dort lebst«, fuhr er fort. »Ich denke, eines nicht allzu fernen Tages wird Amerika vollständig von Robotern beherrscht sein, und wir Schwarzen werden dieses Land in Massen verlassen, um auf dem Kontinent unserer Vorfahren als Menschen zu leben.« Er wiederholte: »Als Menschen!« Dieses letzte Argument schien ausschlaggebend für Ruby, der vielleicht befürchtet hatte, es könne so aussehen, als entspreche er allzu leicht der Bitte einer Weißen. »Also gut, okay«, sagte er zu Harriet. »Wir heiraten hier, und ich komme mit dir nach Afrika!« Foster servierte den Tee.

Ruby hätte gern in Boston geheiratet, aber Harriet widersetzte sich dem resolut. Die *Boston Evening News* veröffentlichten jeden Tag unter der Rubrik »Happy Hours« Hochzeitsfotos von bekannten Leuten, und sie wollte nicht, daß ihre Mutter, die es nie versäumte, diese Seite zu lesen, auf diese Weise von dem Ereignis erfuhr. Sie beabsichtigte, sie zu gegebener Zeit davon in Kenntnis zu setzen. So fand die Hochzeit in San Juan statt. Foster war Rubys Trauzeuge, und ich kam aus Paris, um Harriets Trauzeuge zu sein. Foster brachte seine letzte Eroberung mit, eine blonde Sexbombe, Anführerin der *bum-bum-girls* der M.I.T.-Basketballmannschaft, und ich hatte Rima als Tischdame. Ich fand sie hübsch, aber wenig anziehend, und damit war der Tag verdorben. Sosehr ihre Geschichte mich interessiert hatte, als Harriet sie mir erzählte, so einerlei war sie selbst mir. Harriet hatte Foster, seine Freundin, Rima und mich in einem Hotel der Altstadt untergebracht, um mit Ruby in der Calle del Sol allein zu sein. Es war ein altes, von einem spanischen Meister entworfenes Haus, dessen Zimmer auf eine Galerie gingen; von dort schaute man auf einen mit Fliesen ausgelegten Patio mit vielen Grünpflanzen und einem Springbrunnen in der Mitte. Obwohl die Umgebung reizend und die Zimmer kühl waren, schlief ich schlecht. Zwar war ich glücklich, daß Harriet ihren schwarzen Musiker endlich geheiratet und so ihrem allzu abenteuerlichen Leben ein Ende gesetzt hatte, aber ich spürte auch, daß damit eine Periode meines eigenen Lebens unwiderruflich zu Ende ging. Am Tag nach der Zeremonie fanden wir uns gegen Mittag in der Calle del Sol ein und beglückwünschten die strahlenden Jungverheirateten. Harriet hatte ihr Haar gelöst und trug nichts als ein Männerhemd, das ihre Beine zur Geltung brachte. Ruby war splitternackt. Sein Geschlecht war von gewaltigen Ausmaßen und wölbte sich ausladend in der Mitte. Es war schokoladenschwarz, tiefdunkel, fast blau und hob sich von der sanften, seidigen Bräune seines Bauches ab. Am darauffolgenden Tag kehrten Foster und seine Freundin nach Boston zurück. Ich nahm ein Flugzeug nach Paris. Überrascht, daß Rima nicht in der Calle del Sol erschienen war, rief Harriet gegen Mittag im Hotel an, um zu erfragen, ob sie vielleicht direkt zum Strand gegangen sei. Nein, ihr Schlüssel hänge nicht am Brett, die junge Frau habe ihr Zimmer noch nicht verlassen. Harriet bat, man möge sie wecken gehen, denn sie wolle sie auf eine Spazierfahrt mitnehmen. Ein Zimmermädchen klopfte an die verschlossene Tür. Es erfolgte keine Antwort. Sie öffnete mit dem Universalschlüssel und fand Rima tot in ihrem Bett. Sie hatte sich das Leben genommen.

Rima hatte keinen Brief hinterlassen. Sie hatte zwei, drei Hefte verbrannt, deren Asche man im Papierkorb fand. Sie hatte ein Röhrchen Schlaftabletten geschluckt. Harriet machte sich wegen dieses Selbstmordes bittere Vorwürfe. »Wäre sie in New York geblieben, hätte sie eines Tages ihren Schauspielunterricht wieder aufgenommen und Geschmack am Leben gefunden. Dadurch, daß ich sie hierher geschleppt habe, in dem Glauben, ihr zu helfen, habe ich sie nur endgültig in die Verzweiflung gestürzt«, schrieb sie mir. Ruby versuchte, sie zu trösten und davon zu überzeugen, daß sie nichts für diesen Tod konnte. Er benachrichtigte Rimas Eltern telefonisch, sorgte dafür, daß die sterblichen Überreste mit einer Linienmaschine der Eastern Airlines überführt wurden. Harriet und er kehrten nach St. Andrew zurück, von wo aus sie sich unverzüglich zur Beisetzung nach New York begaben. Vor ihrer Abreise stapelten sie alle Holzmobiles, die Rima gebastelt hatte, auf der Terrasse übereinander und verbrannten sie. Harriet verschloß zum letztenmal die Tür dieses Hauses, in das sie zweifellos nie zurückkehren würde, übergab den Schlüssel einer nahe gelegenen Immobilienagentur und beauftragte diese, es zu verkaufen.

Rima wurde auf dem Friedhof von Little Italy beigesetzt. Ihre Eltern hatten eine Anzeige in der *Village Voice* aufgegeben, und etwa zwanzig Schauspielschüler, angeführt von Francesco Polo, wohnten der Beerdigungszeremonie bei. Mrs. Hoolingwer, die gerade von ihrer Hochzeitsreise zurückgekehrt war und deren Assistentin Rattenschnäuzchen *Village Voice* allmorgendlich mit der Lupe las, hatte unvermeidlich auf ihrem Schreibtisch, sorgfältig rot eingerahmt, die Todesanzeige vorgefunden. Sie begab sich ebenfalls zur Beerdigung, in Begleitung ihres jungen Ehemannes, Phil Stennay, der sehr aufgewühlt zu sein schien. Die Eltern, die nicht wußten, wer sie war, verbeugten sich vor ihr, als sie ihnen nach der Beisetzung am Friedhofsportal ihr Beileid bekundete – ohne auch nur einen Augenblick lang zu ahnen, daß sie diejenige war, die den Tod ihrer Tochter provoziert hatte. Rima hatte ihnen vor drei Monaten ohne irgendwelche Einzelheiten eröffnet, sie habe ihre Verlobung gelöst, und sie hatten das gern gehört, denn sie waren noch immer der Hoffnung, daß ihre Tochter eines Tages einen Mann italienischer Abstammung heiraten würde und nicht einen Yankee. Mrs. Menatti, die bitterlich weinen mußte, konnte nicht anders und umarmte Stennay überschwenglich, als er sich vor ihr verbeugte. »Danken Sie Ihrer Mutter, daß sie gekommen ist!« flüsterte sie ihm ins Ohr – in dem Glauben, Mrs. Hoolingwer sei seine Mutter. »Ich werde es nicht versäumen, *madam*«, erwiderte Stennay und wurde rot.

Als Harriet und Ruby Rimas Schrank ausräumten, um diese nach ihrem Tod anders zu kleiden, hatten sie in einem Schuhkarton versteckt ein gerolltes Bündel grüner Banknoten gefunden. Es waren ungefähr fünfzehnhundert Dollar – die sie mit ihren Amerikanern verdient hatte. Als Mrs. Menatti am Arm ihres Mannes den Friedhof verlassen wollte, trat Harriet auf sie zu und sagte: »Sie erkennen mich sicherlich wieder, ich bin eine Freundin Ihrer Tochter; sie hat hübsche Zeichnungen angefertigt, die ich in meiner Galerie in St. Andrew verkauft habe. Hier sind die Früchte ihrer Arbeit.« Sie übergab ihr den Umschlag mit dem Geld, das Rima durch Prostitution verdient hatte. Mrs. Menatti dankte ihr gerührt. »Ich wußte gar nicht, daß in meiner Tochter solche Begabungen schlummerten!« Zwanzig Meter von ihnen entfernt machte sich Mrs. Hoolingwer daran, wieder in die lange Lincoln-Limousine mit den verdunkelten Scheiben zu steigen. Der Chauffeur in hellgrauer Uniform und hohen Lederstiefeln hielt ihr, die Mütze in der Hand, die Wagentür auf. Auf der anderen Seite der Limousine wartete Stennay nicht weniger steif als der Chauffeur, bis sie eingestiegen war. »Es ist Zeit, dieses Land zu verlassen«, sagte Harriet zu Ruby. Sie begaben sich in Richtung Third Avenue und ruderten wild mit den Armen, in der Hoffnung, ein Taxi anzuhalten. Am späten Nachmittag waren sie zurück in Vermont. Dort erwartete sie eine gute Nachricht. Die Agentur in San Juan hatte das Haus binnen achtundvierzig Stunden an ein reiches holländisches Ehepaar verkauft, das aus Surinam eingetroffen war und seinen Ruhestand in der Karibik verbringen wollte. Das Geld würde in acht Tagen bei einem Rechtsanwalt hinterlegt werden. Harriet telegraphierte Mr. Aishley, er sollte unverzüglich den großen Bungalow bauen lassen. Drei Wochen später telegraphierte Mr. Aish-

ley, der Bungalow stehe bereit. Harriet antwortete umgehend: »Ich habe den Mann, und ich habe das Geld. Ich komme.«
In der Zwischenzeit hatte Harriet die Hälfte ihres Unternehmens Jane Cannyon überlassen, einer Freundin aus Boston, die schon lange als Teilhaberin bei ihr hatte eintreten wollen. Sie behielt das kleine Apartment über dem Laden. Jane Cannyon investierte zehntausend Dollar in das Geschäft, übernahm ungefähr die Hälfte der Aktiva und Passiva und würde Harriet alle drei Monate die Hälfte des Nettoverdienstes überweisen. Jane hatte in Harvard Ethnologie studiert und mehrere Reisen nach Afrika unternommen. Aber sie war eher eine Frau der Bibliotheken als eine Abenteurerin und verließ die USA nicht mehr gern. Die beiden Freundinnen kamen überein, daß Harriet weiterhin nach Masken und allen möglichen Gegenständen Ausschau halten und diese im Laufe der Zeit nach St. Andrew schicken sollte, damit das gehobene Niveau der im Laden angebotenen Ware gewahrt würde. Im Februar nahmen Harriet und Ruby einen Linienflug der PanAm nach Kenia. Ihre Habseligkeiten, die ihnen in einem Frachtflugzeug folgten, fanden Platz in vier Kisten. Harriet hatte nur Garderobe und Bücher eingepackt – und ihre persönliche Sammlung, die jetzt, wie sie mir scherzend schrieb, nicht mehr der Ethnologie oder der Sexologie, sondern der »Archäologie« angehörte ... und Ruby seine Trommeln; das wenige Mobiliar, das sie brauchten, würden sie sich vor Ort besorgen.
Mr. Aishley holte sie vom Flughafen ab. Auf dem Weg zur Landstraße durchquerten sie Nairobi. Ruby hatte sich im

Landrover nach vorn neben Mr. Aishley gesetzt, Harriet auf die Rückbank. Sie saß knapp auf der Kante und hatte die rechte Hand auf Rubys Schulter gelegt. Sie war außer sich vor Freude. Ruby betrachtete voller Neugier die eleganten Straßen der Hauptstadt. Sie durchquerten das begrünte und von Bäumen überschattete Stadtviertel der großen Hotels. »Ich habe eine Menge Freunde in Ihrem Bereich, denen ich von Ihnen erzählt habe; sie werden alles tun, um Ihnen zu helfen.« – »Hier ist ja ganz schön gebaut worden!« sagte Harriet. »Ja«, erwiderte Mr. Aishley, »man hat den Eindruck, in einer westlichen Stadt zu sein.« Alle Passanten waren schwarz. Die eine Hälfte von ihnen trug abendländische Kleidung, die andere afrikanische. Mr. Aishley bremste, um eine ausladende, biegsame Matrone in farbenfrohem Kaftan vorbeizulassen, die furchtlos weitab vom Zebrastreifen die Straße überquerte, an der rechten Hand einen kleinen Jungen, der wie ein College-Boy gekleidet war, und am linken, angewinkelten Arm einen Strick, an dem zwei an den Füßen aufgehängte Puter baumelten. Sie waren tot, aus ihren Schnäbeln floß Blut. Der kleine Junge trug eine rot-blaue Mütze mit breitem Schirm. »Wollen Sie, daß wir für unser Abendessen eine Pute kaufen?« fragte Mr. Aishley und legte einen anderen Gang ein. »Nein, nein«, entgegnete Harriet lachend, »machen Sie alles, wie gewohnt. Ich werde in Nemoa einkaufen.« Und zu Ruby gewandt ergänzte sie: »Das ist das kleine Dorf neben dem Camp, dort bekommt man alles.« Ruby schwieg. Sie fuhren über die hervorragend asphaltierte Fernverkehrsstraße 1, die direkt in die Savanne führte. Der Verkehr war ziemlich dicht. Limousinen mit verdunkelten Scheiben und Geländewagen voller Touristen bewegten sich in Richtung Norden. Sie überholten einen antiquierten Bus, überladen mit Schwarzen, von denen ganze Trauben aus den Türen hingen. Harriet beugte sich vor und grüßte sie mit Handzeichen. Sie erwiderten den Gruß lachend und mit lebhaften Gesten. »Wie oft habe ich diesen Bus genommen!« sagte sie träumerisch und lehnte sich wieder zurück, die Hand noch immer auf Rubys Schulter. Ruby rührte sich nicht. Unvermittelt bog der Landrover von der asphaltierten Straße ab und nahm die Piste, die zum Camp führte. Sie bewegten sich in einer Wolke aus gelbem Staub voran.

Vor Einbruch der Nacht erreichten sie das Camp. Der Bungalow, den Mr. Aishley für Harriet und Ruby gebaut hatte, war genauso wie sein eigener. Er bestand aus einem Schlafzimmer mit zwei Betten und einem riesigen Wohnzimmer, das nach Osten hin in eine breite Terrasse mit Bretterboden überging, geschützt von einer Markise aus robustem Leinen. Man hatte Jalousien, Moskitonetze und eine Klimaanlage installiert. Das Haus befand sich im südlichen Teil des Camps, eine halbe Meile von dem der Aishleys entfernt; die Baracken und Zelte für die Safari-Touristen lagen noch eine halbe Meile weiter südlich. Von der Terrasse aus blickte man auf den Mount Kenya. An der Auffahrt zur Piste, die ins Camp führte, hatte Mr. Aishley für seine neuen Freunde neben seiner eigenen eine Garage aus Bambus errichtet, in der ein Willkommensgeschenk auf sie wartete: ein gebrauchter Landrover. Innerhalb von drei Tagen hatten sich Harriet und Ruby eingerichtet und waren bereit, ein neues Leben zu beginnen.

AN DER ECKE RUE DE MAUBEUGE verkündete ein mit Klebeband an der Fensterscheibe der Brasserie »Aux Bières du Nord« angebrachter Zettel: »Tellerwäscher gesucht«. Deschamps fragte nach und wurde eingestellt. Die Arbeitszeit dauerte von zwölf Uhr mittags bis drei Uhr nachmittags und von neun Uhr abends bis Ladenschluß, der zwischen elf Uhr und Mitternacht war. Das Gehalt war auf den gesetzlichen Mindestlohn von sechstausenddreihundert Francs monatlich festgesetzt, und abends ab halb elf, wenn das Gröbste erledigt war, gab es ein Steak mit Pommes frites und einen Halben Bier auf Kosten des Hauses. Deschamps fragte, ob seine Frau für fünfzig Francs pro Tag mit ihm zu Abend essen könne, und der Patron, ein Mann aus Lille, der über seiner Theke Farbdrucke von Kirchtürmen seiner Provinz mit Nadeln festgesteckt hatte, entgegnete, selbstverständlich solle seine Frau mit ihm zu Abend essen, auf ein Steak mit Pommes mehr oder weniger komme es ja nun wirklich nicht an. Ihr Leben änderte sich. Héloïse kam jeden Abend zu ihm in die Brasserie, und es hatte den Anschein, als fände sie Geschmack an diesen nächtlichen Eskapaden. Zwischen dem Hotel und der Brasserie lagen zweihundert Meter und auf dieser Strecke ungefähr dreißig andere Cafés und Brasserien. Die meisten davon waren in einen Dunst von frischen Pommes frites gehüllt und hatten bis spät in die Nacht geöffnet, weshalb jene, die um Mitternacht schlossen, ihre Gäste gegen elf Uhr aufbrechen sahen. Dann begann man, die Stühle auf der Straße verkehrt herum auf die Tische zu stellen und Sägemehl auf den Dielenboden zu streuen, um das Ausfegen zu erleichtern, woraufhin Neuankömmlinge gleich wieder kehrtmachten. Gleich im ersten Monat schickte Deschamps einen Scheck über tausend Francs als erste Rückzahlung an Horlaville, und am darauffolgenden Samstag überreichte er, kurz bevor er zur Arbeit aufbrach, der noch nicht ganz wachen Héloïse drei Zweihundertfrancsscheine. »Kauf dir was Schönes.« Am Abend, als sie zu ihm in die Brasserie kam, erkannte er sie kaum wieder; sie war noch genauso groß, genauso kräftig, aber um wie vieles eleganter in ihrem neuen grauen Kleid und dem um die Haare geknoteten Seidentuch! Er bemerkte auch, daß sie ihre alten ledernen Sandalen gegen Halbschuhe mit flachen Absätzen eingetauscht hatte, die ihr gut standen. Sobald sie vor dem mit Essig angemachten Tomatensalat saß, den es als Vorspeise gab, löste sie ihr Seidentuch, und er sah, daß sie beim Friseur gewesen war: Das blonde Haar fiel ihr in vollen Locken über die Schultern. Sie sah ihn ängstlich an. Er lächelte ihr zu, streichelte ihre Wange, und sie drückte ihre Lippen sanft auf die gewölbte Innenseite seiner Hand.

Sie gingen ohne Eile zurück zum Hotel. Auf den Straßen wimmelte es vor Menschen. Die Nacht war warm. Sie hielten einander bei der Hand. Er reichte ihr kaum bis zur

Schulter. Kurz vor dem Hotel setzten sie sich in das Straßencafé »Aux armes de Bruxelles«. Es herrschte ziemlicher Andrang. Am Tisch vor ihnen küßten sich zwei junge Leute lange auf den Mund. Der Kellner, der ihre Bestellung aufnahm, trug über seiner rotgesäumten Weste eine große Schürze aus schwarzem Leder. Deschamps bestellte sich ein Bier. Sie bestellte ein Glas Rotwein. Sie trank in kleinen Schlucken, als handele es sich um einen starken Schnaps. Als sie in ihr Hotelzimmer kamen, sagte sie: »Ich glaube, ich bin etwas angeschwipst, geh du zuerst.« Er wusch sich und legte sich ins Bett, nachdem er seinen Schlafanzug sorgfältig zugeknöpft hatte. Sie war ins Badezimmmer gegangen und blieb dort ziemlich lange. Er ließ die Tür nicht aus den Augen. Schließlich erschien sie mit leicht geröteten Wangen und hielt die Hand vor den Mund. Sie trug ein Nachthemd aus grünem Nylon, das ihr bis zu den Füßen reichte und vorn geknöpft war. »Sieh mich nicht an!« sagte sie. Sie löschte das Licht und legte sich ebenfalls hin; aber statt am äußersten Rand des Bettes zu bleiben, wie sie es gewöhnlich tat, legte sie sich dicht neben Deschamps auf den Rücken und drückte sich an ihn. Auch er lag auf dem Rücken. Er mußte sich ein wenig verrenken, um seinen linken Arm um Héloïses Schultern legen zu können. Seine Nase steckte in den blonden Locken. Sie sagte: »So ist's schön« und schlief ein.

Bevor sie zum Abendessen gegangen war, hatte Héloïse die eisernen Fensterläden geschlossen. Jetzt, in tiefem Schlaf, schnarchte sie. Deschamps stand auf, öffnete die Fenster und stieß die Läden auseinander. Die Lichter und Geräusche der Nacht drangen ihm entgegen. Die Stadt summte. Das Licht war gelb, in regelmäßigen Abständen von roten Streifen durchzogen; sie stammten von der zwei Stockwerke über ihm ziemlich weit links installierten Neonschrift des Hotels, die alle vier, fünf Sekunden aufblinkte und wieder verlosch. Viel sah er nicht. Links erblickte er die hohe Fassade der Gare du Nord, überragt von weißen Statuen, die im Rhythmus der Neonschrift in Blut zu versinken und wieder aufzutauchen schienen; gegenüber und rechts von ihm lag über den halbhohen Gebäuden wie eine Decke der bleierne Smog-Himmel, an dem die von unten heraufstrahlenden Lichter zerschellten und auf die große Stadt zurückgeworfen wurden. Obwohl es weit nach Mitternacht war, herrschte dichter Verkehr. Als er sich vorbeugte, sah er den Fluß roter Rückstrahler von Autos, die sich in vorgeschriebener Fahrtrichtung alle von Osten nach Westen über den Platz bewegten, und als er sich noch weiter vorbeugte, sah er die unzähligen Fußgänger, die zwei Ströme bildeten: einen waagerechten entlang der Fassaden und einen senkrechten von der Mitte des Platzes zum Eingang des Bahnhofs und entgegengesetzt. Dieses Kommen und Gehen ließ ihn plötzlich an das Eindringen und Zurückgleiten des männlichen Geschlechts im Moment der Paarung denken. Die hastenden Fußgänger waren das männliche Organ, und der Bahnhof, dessen große rot-schwarze Mündung sich zur Nordseite des Platzes hin öffnete, war das weibliche Geschlecht. So banal dieser Vergleich auch war, er drängte sich ihm mit der Kraft des Offensichtlichen auf. Er nahm ganz von selbst in seinem Geist Gestalt an. Die Mündung des Bahnhofs war das klaffende Geschlecht einer sich rekelnden Riesin, der Boulevard de Magenta und der Boulevard Sébastopol, die sich rechts und links nach Süden hin verloren, waren ihre Beine, und der von den Lichtern kupfern getönte Himmelsausschnitt zwischen den Gebäuden stellte Bauch und Oberkörper dar. Den Kopf hingegen sah man nicht; sie hatte ihn zurückgeworfen, schaute kopfüber in Richtung Norden, dessen Ebenen ihr dunkles Haar bildeten. Der nicht abreißende Strom winziger Passanten, ihr Kommen und Gehen quer über den Platz, war die Menschheit, angesaugt vom offenen Geschlecht dieser Riesin. »Mein Gehirn ist krank«, sagte er sich, »ich habe die Unschuldige, die in diesem Zimmer schläft, in meinen Wahnsinn hineingezogen. Wenn es einen Gott gibt, werde ich verdammt sein und sie dazu gebracht haben, sich selbst zu verdammen.« Einen Augenblick lang war er versucht, alles aufzugeben. Er konnte sich geräuschlos wieder anziehen, seine Sachen packen, in die Rue du Bac zurückkehren, sich dem Provinzial zu Füßen werfen und ihn um Vergebung bitten. Er konnte aber auch hinausgehen und eine dieser menschlichen Ameisen werden. Wer sollte ihn finden? Doch es war zu spät. Er würde Héloïse nicht im Stich lassen. Als er sich umwandte, sah er, daß sie sich nicht bewegt hatte. Sie schnarchte weiter. Er klappte die Fensterläden wieder zu, ohne sie jedoch ganz zu verriegeln, so daß etwas Licht auf das Bett fiel. Er kniete sich neben das Bett. Héloïse schlief auf dem Rücken, gerade wie ein Brett, doch ihr Kopf hatte sich im Schlaf nach rechts geneigt. Er sah ihr direkt ins Gesicht. Sie hatte ein derbes, sogar grobes Gesicht mit kindlichen Zügen. Die Augenbrauen waren kaum gewölbt, die Wimpern spärlich und blaß, der leicht geöffnete Mund, aus dem das regelmäßige Schnarchen drang, klein und bleich, die Nase zu kurz; die leicht nach oben gezogene Oberlippe entblößte die beiden oberen Schneidezähne – von denen der eine etwas vorstand –, was dem Gesicht Ähnlichkeit mit einem Hasen verlieh. Das Kinn war oval und für die Proportionen des Gesichts zu lang. Was man vom Hals sehen konnte, war sehr weiß, und obwohl die Haut jung und selbstverständlich elastisch und zart war, grub sich eine tiefe, leicht gerötete Falte in das Fleisch. Mit geschlossenen Lidern näherte er sein Gesicht dem der Schlafenden und sog ihren Geruch ein, der frisch, mild und zugleich verschwitzt und etwas raubtierhaft war.

Als sie am nächsten Morgen im Zwischengeschoß ihr Frühstück einnahmen, in einem niedrigen Zimmer, das auf den Hof ging, wirkte sie besorgt. Unvermittelt sagte sie: »Hast du mich letzte Nacht betrachtet? Mein Nachthemd war aufgeknöpft.« Sie waren allein. Sie hatte ziemlich laut gesprochen. Warum sollte er lügen? »Ich habe angefangen, dich zu betrachten«, sagte er, »doch dann habe ich sofort die Augen geschlossen. Es war so schön mit uns gestern abend. Warum diese Frage?« – »Ich wollte es nur wissen.« Die Mauern erbebten kaum merklich unter dem regelmäßigen Grollen der Metro. Sie schob ihre Schale Kaffee und das Croissant zurück. Sie hatte keinen Hunger. Er unternahm einen Versuch, sie zum Schmunzeln zu bringen, indem er ihr scherzend die Geschichte von Demokrit erzählte, der sich während eines Spaziergangs im Garten die Augen herausriß, damit die Schönheit der Blumen ihn nicht von seinen Gedanken ablenkte. Sie blieb trübselig. »Manchmal bin ich dies alles leid«, sagte sie. Um halb neun begab er sich zur Arbeit. Als er gegen dreizehn Uhr zurückkam, sagte die Hotelwirtin, eine Alte, die den ganzen Tag an der Kasse saß, zu ihm: »Madame hat ihre Koffer gepackt und ist gegangen.« Er lief hinauf ins Zimmer. Auf dem Bett hatte sie das grüne Nachthemd, das neue Kleid, das Seidentuch zurückgelassen. Daneben lag folgende Nachricht: »Ich muß erst einmal einen klaren Gedanken fassen, ich melde mich.« Er rief Horlaville an, der sich glücklicherweise in Paris aufhielt, bat ihn zu kommen und erzählte ihm alles. Horlaville, der den Kaplan des Mutterhauses kannte, setzte alles daran zu erfahren, ob Héloïse in ihrem ehemaligen Kloster oder einem anderen Haus des Ordens Zuflucht gesucht hatte. Er gab Deschamps den guten Rat, nicht die Nerven zu verlieren, seinen täglichen Zeitplan beizubehalten und zu warten. Falls die Frau die Absicht hatte, wiederzukommen, würde sie im Hotel anrufen. Wenn sie verschwinden wollte, konnte nichts sie davon abhalten. »Hat sie Geld mitgenommen?« – »Ich habe ihr gestern hundert Francs gegeben.« – »Verzeih mir, wenn ich dir diese Frage stelle: Ist sie imstande, auf den Strich zu gehen?« – »Ich glaube nicht ... Ich weiß nicht, was ich denken soll ... Ich nehme an, sie ist Jungfrau ...« – »Könnte sie versuchen, einen Mann zu verführen?« – »Meiner Meinung nach nein.« – »Dich hat sie doch verführt?« – »Das stimmt.« Deschamps befolgte Horlavilles Ratschläge und widmete sich weiter seiner Arbeit, verwandte aber die Nachmittage darauf, Héloïse auf den Nahverkehrslinien zu den nördlichen Vororten zu suchen. Horlaville stellte telefonische Nachforschungen bei Klöstern und Bistümern in ganz Frankreich an. Vergebens. Acht Tage vergingen. Dann kam eine Postkarte aus dem Vaucluse. »Ich helfe bei der Weinlese, mach dir keine Sorgen.« Deschamps suchte seinen Chef auf und fragte ihn, ob er für acht Tage frei bekäme, entgeltlos. Es wurde bewilligt. Zusammen mit Horlaville brach er in seinem 2 CV auf. Die Karte war in Bonnieux, einem kleinen Dorf im Lubéron, abgestempelt. Am Eingang des Dörfchens, neben dem alten Bahnhof, stießen sie auf die Weinbau-Genossenschaft, eine Halle, vor der vier hohe, siloähnliche Kufen von je zehntausend Litern errichtet waren. Sie erklärten, daß sie Arbeit suchten. Man gab ihnen eine Liste mit allen Erzeugern, die Tagelöhner einstellten. Der Sommer war sehr warm gewesen, die Ernte versprach reichhaltig auszufallen, die Arbeitskräfte aus dem Maghreb waren nicht so zahlreich wie früher, man würde sie sicherlich willkommen heißen. Der Landstrich war rot. Die ganze Gegend roch nach Wein. Nach zwei Tagen hatten sie Héloïse wiedergefunden. Eigentlich hatte sie sich in den Weinbergen von Schloß Milleplants, zwischen Bonnieux und Roussillon, für vierzehn Tage verdingt, aber sie wurde täglich ausbezahlt. Ihr Gesicht war von der Sonne verbrannt, die linke Hand infolge eines Wespenstichs geschwollen. »Wie bist du hierhergekommen?« fragte Deschamps. »Per Anhalter.« – »Wo wohnst du?« – »Wir sind etwa fünfzig Männer und Frauen und schlafen in zwei Baracken auf dem Gut, eine Art Gemeinschaftsschlafräume, die Männer auf der einen Seite, die Frauen auf der anderen.« – »Wann kannst du von hier fort?« – »Wann ich will; ich bin gestern abend ausbezahlt worden.« Sie hielten am Schloß, wo sie sagte, daß sie wegfahren würde, und ihren Korb und die Schere abgab, und machten sich dann auf den Weg zurück nach Paris. Deschamps und Horlaville wechselten sich am Steuer ab, und sie kamen im Morgengrauen an.

Sie setzten Horlaville in Sèvres-Babylone ab, fuhren den Boulevard de Sébastopol hinauf zur Gare du Nord, wo Deschamps seinen 2 CV abstellte, und kehrten zum Hotel zurück. In der benachbarten Brasserie aßen sie ein Steak mit Pommes frites, dann gingen sie hinauf in ihr Zimmer. Sie hatten sich kaum hingelegt, da sagte Héloïse zu Deschamps: »Du kannst zu mir kommen, ich war dort unten mit Männern zusammen.« Deschamps wollte mehr darüber wissen. Sie erzählte, daß in den Baracken auf dem Gut, in denen die Tagelöhner untergebracht waren, sechs oder sieben der ungefähr zwanzig Frauen gegen Abend in den Schlafsaal der Männer gingen, um sich, wie sie sagten, zu »amüsieren«, und daß sie ihnen, von Neugier gepackt, eines Abends gefolgt war ... an den zwei darauffolgenden Abenden ebenfalls ... Dann waren Deschamps und Horlaville gekommen. Deschamps schlief ein. Sie kletterte auf ihn und umschlang ihn, aber er wachte nicht auf, da schlief auch sie ein.

Es folgte eine wirre Woche. Sie wußte nicht mehr so recht, was sie tat. Dreimal hintereinander ließ sie sich in Cafés ansprechen und folgte den Männern in Hotelzimmer. Einmal nahm sie die Offerte eines Fahrers an, der sich erbot, ihr Auto in eine Tiefgarage zu stellen, und dort, in einem Winkel des fünften Untergeschosses, ließ sie sich auf dem Rücksitz nehmen. Eines Abends dann erzählte sie alles Deschamps und versäumte nicht hinzuzufügen: »Ich glaube, der Dämon hat von mir Besitz ergriffen.« Er forderte sie auf, sich auf das Bett zu legen, bedeckte sie von Kopf bis Fuß mit einem Laken und sprach Exorzismus-Gebete über ihr. Sie lasen in der Zeitung von einem traurigen Zwischenfall: Ein Mann hatte seine Gefährtin mit einem Kruzifix zerstückelt und ihr das Herz sowie die Eingeweide herausgerissen. Sie fragte Deschamps: »Würdest du mich töten, wenn ich weitermache?« Er antwortete: »Du wirst bald geheilt sein.« An einem Montag war das Café, das sie gewöhnlich aufsuchte, geschlossen. Es war fünf Uhr nachmittags. Deschamps war gerade zum Tellerwaschen gegangen. Sie kehrte um und begab sich zum erstenmal, seit sie in diesem Viertel wohnte, in die große Brasserie »Le Terminus«, die genau gegenüber vom Bahnhof liegt und nicht nur von Reisenden, sondern auch von Gastronomen besucht wird, da sie für ihre Küche berühmt ist. Nachdem sie etwas gezögert hatte, setzte sie sich nach draußen an einen der wenigen freien Tische neben der Tür zum Saal. Ganz in ihrer Nähe beendeten drei Männer und eine Frau gerade ihr Mittagessen. Sie machten großen Lärm. Sie tranken Champagner. Die Männer rauchten Zigarren. Es waren Engländer, elegante Leute. Während sie ihren Kaffee trank, beobachtete sie sie aus den Augenwinkeln. Sie gehörten einer Klasse an, die sie nicht kannte, wohl niemals kennenlernen würde. Plötzlich schien es ihr, als hätten die Leute sie bemerkt, als sähen sie zu ihr herüber. Sie ahnte nicht, daß sie soeben Gegenstand einer Wette geworden war. Die Leute bestellten eine neue Flasche Champagner, die ein dickbäuchiger Kellner, angetan mit einer langen weißen Schürze über seiner schwarzen Satinweste, ihnen bedächtig brachte, woraufhin die junge Frau sich vom Tisch erhob und mit einigen raschen Schritten auf sie zukam. »Es wäre meinen Freunden eine große Freude, wenn Sie ein Glas Champagner mit uns trinken würden.« Sie sprach sehr gut französisch, mit einem leichten Akzent. Sie war eine Frau um die Vierzig mit jugendlichem Gesicht und großen grünen Augen; der Duft eines starken Parfums ging von ihr aus. Sie war rothaarig. Ihr Haar war hochgesteckt. Sie trug ein blaßgrünes Kostüm mit einer sehr kurzen Jacke und eine mehrreihige Perlenkette um den Hals. Sie streckte eine sehr weiße, mit einem Saphirring geschmückte Hand mit langen rosafarbenen Nägeln vor und legte sie ganz zart, fast schüchtern auf Héloïses Schulter. »Kommen Sie ... Wir würden uns so sehr darüber freuen!« Héloïse blickte auf und sah der jungen Frauin die Augen, versuchte, eine verborgene Absicht, eine Drohung darin zu lesen. Es waren zärtliche, betörende Augen. »Aber ... warum sollte ich?« fragte Héloïse. »Aber warum nicht?« erwiderte die junge Frau. Héloïse ging hinüber an den Tisch der Engländer, trank Champagner, fand sich in einer Suite im ersten Stock wieder, wurde aufgeschürzt, auf dem Bauch liegend an den vier Ecken eines Messingbetts festgebunden, wurde massiert, gekratzt, geschlagen, gepeitscht, geküßt, liebkost, wieder gepeitscht. Wer weiß, ob sie nicht auch fotografiert wurde?

Die drei Männer nahmen sie einer nach dem anderen, und die junge Frau, die auf den Vornamen Sibylla hörte, zog ihren Rock aus, schnallte sich einen Dildo aus hartem Gummi um die Hüften und sodomierte sie zu guter Letzt. Nach alledem wurde Héloïse losgebunden, und während die Männer sich auf dem Bett rekelten und Liebesgedichte aufsagten, die sie in der Schule gelernt hatten, nahm sie zusammen mit Sybilla ein Schaumbad, bei dem sich Sybilla, nachdem sie ihre lange, dünne Zunge in Héloïses erstarrten Mund hatte gleiten lassen, anstrengte, dasselbe von vorn zu tun, was sie gerade von hinten getan hatte. Um neun Uhr waren sie wieder im Restaurant. Sie aßen Meeresfrüchte, Lachs und eine Rehkeule, tranken reichlich weißen und roten Sancerre dazu. Héloïse war fast blau. Gegen elf sah sie auf die Uhr. »Ich muß meinen Mann abholen.« – »Wo ist er?« fragte der älteste der Engländer, ein hagerer Mann mit eingefallenem Gesicht, gelblichem Teint und spöttischen, skeptischen grauen Augen. »Er spült Teller in einer Brasserie nicht weit von hier.« – »Ist er ein netter Mann?« – »Er ist ein ehemaliger Priester mit ich weiß nicht wie vielen Diplomen.« – »Holen Sie ihn her, damit er das Abendessen mit uns beschließt.« – »Er ist scheu, er würde das niemals wollen.« Der Engländer zückte seine Brieftasche. »Sie sind ein reizendes Mädchen, Héloïse. Ihnen verdanken wir einen Abend hier, an den wir uns immer erinnern werden. Hier sind zweihundert Pfund, um Sie für die Zeit zu entschädigen, die Sie uns gewährt haben. Achtung, es handelt sich nicht um zweihundert Francs, bringen Sie das nicht durcheinander!« Héloïse bedankte sich und verließ den Tisch. Sibylla, die zur Toilette mußte, sagte: »Warten Sie, ich komme einen Moment mit Ihnen.« Sie begleitete sie bis zur Tür und umarmte sie freundlich. Héloïse ging hinaus. An der Straßenecke zerriß sie die Geldscheine in kleine Stücke und warf sie in einen Gully. Es war fast Mitternacht, als sie im »Bières du Nord« eintraf. Deschamps war mit dem Essen fertig und trank seinen Kaffee. Sie setzte sich neben ihn und legte eine Hand auf sein Knie. »Wo hast du gesteckt? Ich fing langsam an, mir Sorgen zu machen.« – »Ich habe Leute getroffen.« – »Du hast getrunken.« – »Ja, aber das ist vorbei, ich werde es von nun an nie wieder tun.« Unter dem Tisch drückte sie kräftig seine Finger.

Ich fuhr auf einen Sprung in die Schweiz, der französischsprachige Schweizer Radiosender hatte zu einer literarischen Debatte eingeladen. In der Presse wurde von einem Prozeß berichtet. Ein siebzehnjähriger Schafhirte hatte eines Samstags beschlossen, das Schützenfest in Adelboden, einer Kleinstadt im Berner Oberland, fünfzig Kilometer südlich von Interlaken, zu besuchen. Er zog seinen guten Anzug an, nahm seinen Motorroller und drehte einige Runden um die Festbuden. Er versuchte, junge Mädchen anzusprechen, aber die lachten ihn nur aus. Zwei von ihnen sagten, er stinke wie ein Schafsbock. Er hatte etwas Geld in der Tasche. In der Herberge »Adler« trank er einige Biere, dann ging er zur Schießbude und schoß auf Zielscheiben. Dort traf er das elfjährige Mädchen Rosemarie Hintermeyer, ein blondes Kind, das der Aufsicht seiner Eltern entwischt war – Geschäftsleuten aus Spiez, die für den Nachmittag zum Fest gekommen waren und seit zwanzig Minuten beim Übungsschießen zusahen. Er kaufte dem Mädchen eine Tüte Bonbons, schwatzte ein wenig mit ihm und schlug dann vor, eine kleine Spazierfahrt mit dem Motorroller zu unternehmen. Sie fuhren aus der Stadt hinaus, ohne daß jemand sie bemerkte, und nahmen die Straße nach Kandersteg; dann fuhr er mit dem Kind über Waldwege zu einer Lichtung, auf der eine Hütte stand, die er gut kannte, er hatte die letzten zwei Winter dort gewohnt. Er wußte, daß noch Vorräte an Nahrungsmitteln in der Hütte waren. Das Kind fest in seinen Armen, schliefen sie bis zum nächsten Morgen. Am folgenden Tag fuhr er zurück nach Adelboden, machte einige Einkäufe, unter anderem erstand er eine Puppe für das kleine Mädchen, das er, bevor er losgefahren war, am Tischbein festgebunden hatte. Acht Tage lang verließen sie die Hütte nicht; die Gefangene unternahm keinen Fluchtversuch. Jeden Abend schliefen sie zusammen ein, wobei er das Kind fest an sich drückte, aber keinerlei sexuelle Handlung vollzog. Er strich ihm übers Haar. Am neunten Tag wurden sie von den Gendarmen entdeckt, die den Berg absuchten. Er wurde in Bern in eine Zelle gesteckt, das Kind zu den Eltern zurückgebracht. Während des Prozesses war er außerstande, seine Handlung zu erklären. Ein Psychiater bezeugte zu seiner Entlastung, man habe hier ein ungehobeltes Wesen vor sich, es verspüre ein wirres Bedürfnis nach Liebe, dem nachzukommen ihm jedoch die Gesellschaft, so wie sie sei, nicht gestatte. Fünf Jahre Gefängnis. Seine Arbeitgeber, die nichts auf ihn hatten kommen lassen, warteten bis zum Tag des Urteilsspruchs, bevor sie einen Nachfolger für ihn suchten; wider alle Vernunft hofften sie, man möge ihn freisprechen. Vom darauffolgenden Tag an annoncierten sie in »Le Matin du Vaudois«: »Schäfer für hübschen Berghang gesucht.«

Auf einem an die Fensterscheibe einer Bäckerei geklebten Plakat las Héloïse, daß das Krankenhaus Lariboisière, gleich hinter der Gare du Nord, Aushilfen für die Wäscherei suchte. Sie sprach vor und wurde eingestellt. Zweimal pro Woche, dienstags und freitags, ging sie zur Waschküche, wo man ihr Schwesternkittel, Handtücher und zerschlissene Laken übergab, die sie mit nach Hause nahm, um sie dort zu flicken. Sie machte es sich zur Gewohnheit, außer diesen Hin- und Rückwegen sowie ihren Treffen am Ende des Tages mit Deschamps im »Bières du Nord« nicht mehr auszugehen. Sie setzte sich ans Fenster und flickte und flickte und flickte, ohne auch nur einen Blick hinauszuwerfen. Nach einem Monat beschloß sie, nicht mehr die Kleidungsstücke, die sie seit ihrer Flucht aus dem Kloster gekauft oder von Deschamps geschenkt bekommen hatte, zu tragen, sondern nur noch jene, die sie zu den Exerzitien in Saint-Quentin mitgebracht hatte. Wie lange das alles zurückzuliegen schien! Als sie ihre alten Röcke wieder anzog, stellte sie erstaunt fest, wie dünn sie geworden war. Sie mußte die Taille um eine Handbreit enger machen. Man muß dazu sagen, daß sie niemals Hunger hatte. Morgens und mittags nahm sie nur Kaffee zu sich, und abends knabberte sie etwas. Eines Abends wartete Deschamps vergebens auf sie. Nachdem er den letzten Happen zu sich genommen hatte, lief er eilends zum Hotel zurück, voller

Angst, sie könnte erneut geflüchtet sein. Aber nein, sie saß da und besserte die Wäschestücke aus; seit dem Morgen hatte sie sich nicht vom Fleck gerührt. »Warum bist du nicht in die Brasserie gekommen?« – »Ich hatte keinen Hunger.« – »Aber ich wette, du hast den ganzen Tag über nichts gegessen!« – »Geh rüber zum Bahnhof und kauf mir ein Sandwich.« Es wurde zur Gewohnheit, sie setzte keinen Fuß mehr in die Brasserie, sondern aß nur ein Sandwich zu Abend. Sie hatte sich selbst das Haar ganz kurz geschnitten und knotete ein Tuch darüber, wenn sie auf die Straße ging. Eines Nachmittags, als sie, ihren Wäscheballen unter dem Arm, an der Gare du Nord vorüberging, sprach eine ältere Nonne in halbziviler Kleidung und mit einer Tasche in der Hand sie an. Sie schien sich verlaufen zu haben. »Entschuldigen Sie, meine Schwester, können Sie mir sagen, wo sich das Krankenhaus Laboisière befindet? Man hat mich bis hierher begleitet und mir gesagt, es sei ganz in der Nähe, aber ich finde es nicht.« – »Es ist nur hundert Meter von hier entfernt! Ich muß zum Personaleingang und zeige Ihnen den Eingang zur Aufnahme. Kommen Sie mit.« Während sie die für den allgemeinen Durchgang verbotene Abkürzung nahmen, die dem Bahnhofspersonal vorbehalten war, sagte die alte Nonne: »Ich sehe zwar, daß Sie eine Nonne sind, meine Schwester, könnte aber nicht sagen, von welchem Orden. Früher, als wir noch unsere Trachten trugen, kannte ich so ziemlich alle, aber jetzt weiß ich überhaupt nicht mehr Bescheid.« Héloïse blieb stehen, preßte den Wäscheballen an ihren Bauch, sah der Nonne in die Augen und sagte: »Ich gehörte zu den Töchtern vom Heiligen Kreuz in Saint-Quentin, bin aber nicht mehr im Kloster. Ich bin mit einem Priester durchgebrannt.« – »Oh, meine Schwester!« sagte die Alte. »Wer wurde nicht vom Dämon in Versuchung geführt? Selbst der Göttliche Herr war dreimal versucht. Kehren Sie zu Ihren Schwestern zurück, und man wird Ihnen sofort vergeben! Wie kann man in der Welt glücklich sein?« Sie setzten ihren Weg fort. Fünf Minuten später ließ Héloïse sie an der Aufnahme zurück und brachte ihre Wäsche zur Waschküche. Ein Stapel Blusen wartete auf sie, aber sie sagte, sie könne sie nicht annehmen. »Ich muß für ein paar Tage verreisen.« Nachdem sie das Krankenhaus verlassen hatte, begab sie sich in einen Supermarkt, kaufte ein Glas Marmelade, ging in eine Drogerie und kaufte ein Paket Rattengift. Zurück in ihrem Zimmer, wusch sie sich Gesicht und Hände, kämmte sich, band das Tuch wieder über ihr kurzes Haar, kniete sich vors Fenster, schüttete das Rattengift in das Marmeladenglas, verrührte das Ganze und aß alles auf, ohne auch nur Luft zu holen. Als Deschamps von der Arbeit kam, war sie tot.

Er fand sie auf dem Bett liegend, die Hände über dem Bauch gefaltet. Sie war kalt.
Er schloß ihr die Augen. Die Packung Rattengift und das Marmeladenglas standen auf dem Tisch. Blitzschnell begriff er, was geschehen war, und wußte, was er zu tun hatte. Er begab sich zur Polizei und erzählte alles. Zu seiner größten Überraschung wurde er in Polizeigewahrsam genommen. Die Polizei hatte die Akte, die zum Zeitpunkt von Héloïses Verschwinden eröffnet worden war, sofort gefunden. Nach einer dreimonatigen Untersuchung wurde

Deschamps wegen Freiheitsberaubung, Mißhandlung und unterlassener Hilfeleistung angeklagt und dem Schwurgericht unterstellt. Eine Gefängnisstrafe von zwanzig Jahren stand in Aussicht. Noch am selben Tag wurde Héloïses Leiche ihrer Ordensgemeinschaft übersandt. Man wusch und segnete sie, kleidete sie wieder in ihr grobes Wollkleid und beerdigte sie so wie sie war, ohne Sarg, auf dem Ordensfriedhof, zwei Schritte vom Garten entfernt, wo sie einige Monate zuvor den ersten Blick mit Deschamps ausgetauscht hatte.

Harriet hatte tausend Männer gehabt, ohne je Lust empfunden zu haben. Dies offenbarte sich ihr in der ersten Nacht im Camp. Ein Monat war vergangen, seit sie Ruby Bobo geheiratet hatte. Sie erzählte mir dies in einem langen Brief, den ich, acht Tage nachdem sie sich in Kenia eingerichtet hatte, erhielt. Sie war eine andere Frau geworden. Man hätte meinen können, eine Haut habe sich von ihrem Körper gelöst, eine Kruste von ihrem Gedächtnis, und sie sei ohne Vergangenheit und Erinnerungen zurückgeblieben. Als sie die USA verließen, hatte sie die Absicht gehabt, offen mit Ruby über ihre früheren Reisen nach Afrika zu sprechen, aber jetzt, da er eine neue Frau aus ihr gemacht hatte, stellte sich die Frage, warum man das Vergangene wieder aufwühlen sollte. Sie sagte, sie schreibe mir von der Holzterrasse des Bungalows aus, während der Abend anbreche und der seltsam bläuliche Mount Kenya sich im dunklen Gewässer des Sees vor ihr widerzuspiegeln beginne. Ruby war nicht da. Er war für einen Tag nach Nairobi gefahren, mit Mr. Aishley, der die Hauptstadt hervorragend kannte und sich angeboten hatte, ihn mit Leuten aus Musikerkreisen zusammenzubringen – Direktoren von Konzertsälen, Conférenciers,

Geschäftsführern von Nachtclubs. Nairobi boomte, die großen Hotels waren ständig ausgebucht unter einem Strom von Experten, Geschäftsleuten, Diplomaten, Ökonomen, hohen Beamten aus aller Welt und Pfründesicherern karitativer Organisationen, die sich das ganze Jahr über in den klimatisierten Apartments einrichteten. Alle diese Paläste hatten eigene Clubs, auf deren Bühnen die größten Stars des Show-Biz zwischen ihren Tourneen durch die Metropolen Europas und Japans regelmäßig auftraten. Harriet nahm an, daß Ruby sich rasch in Nairobi eingewöhnen würde, zumal Aishley, der ihm gleich zugetan gewesen war, ihn führte. Sicherlich brauchte er zum Komponieren die Einsamkeit, aber wie für jeden Künstler waren auch für ihn das Publikum und der Applaus notwendig, und alles sprach dafür, daß er in Ke-nia den gleichen Erfolg haben würde wie in den Staaten.

Mr. Diagne empfing Mr. Aishley und Ruby in der großen Halle des Hilton, die mit künstlichen Palmen ausstaffiert war, deren Kokosnüsse sich abends in Lampions verwandelten. Die Klimaanlage arbeitete auf Hochtouren, es herrschte Eiseskälte. Mr. Diagne, der Leiter der Kulturabteilung des Hilton, ein kleiner, aufgeweckter Mann mit nach hinten spitz zulaufendem Pygmäenschädel, war in einen dottergelben Smoking gezwängt. Er trug einen Vatermörder sowie eine grüne Fliege, und sein kleines, außergewöhnlich schwarzes Gesicht war auf beiden Wangenknochen von drei rituellen Narben gezeichnet. Er hatte in London studiert und sprach das reinste Englisch mit der wiehernden Betonung der Public Schools. »Edward, gestatten Sie mir, daß ich Ihnen Ruby Bobo vorstelle, ich habe Ihnen vergangene Woche von ihm erzählt«, sagte Mr. Aishley. »Gewiß. Sehr erfreut, Sie kennenzulernen, Mr. Bobo«, sagte Mr. Diagne und streckte Ruby eine kleine, schwarz-rosa Pfote entgegen, die von tausend Falten durchzogen und deren lange Krallen manikürt waren. »In Boston nennt man mich ganz einfach Ruby«, sagte Ruby lächelnd. »Gott sei Dank sind wir hier nicht unter Wilden«, rief Mr. Diagne und lachte über seinen eigenen Scherz. »Mein ältester Sohn studiert Atomphysik am M.I.T. Kennen Sie das Institut?« – »Nein«, erwiderte Ruby, »ich habe gelegentlich auf dem Campus des M.I.T. gewohnt, ich habe viele Freunde dort, war aber nie als Student eingeschrieben.« – »Dies ist der bemerkenswerte Amerikaner, von dem ich Ihnen in der Bar erzählt habe, Edward«, sagte Mr. Aishley. »Ah«, erwiderte Mr. Diagne, »sicher der junge Mann, der uns für unsere Safaris Cherokee-Jeeps verkaufen will, aber ich habe Ihnen schon gesagt, daß ich für diese Art von Geschäften nicht zuständig bin, ich kümmere mich nur um die kulturellen Angelegenheiten, und ich muß sagen, das reicht mir auch. Sie müssen sich an meinen Kollegen, Mr. Hamdouala, wenden. Meines Wissens sind wir seit Jahren mit Landrover im Geschäft, und ich glaube nicht, daß wir die Absicht haben, dies zu ändern; aber wer weiß, nichts ist unmöglich in diesem Jammertal. Ich werde Sie zu ihm bringen lassen.« – »Aber nicht doch, Edward«, sagte Mr. Aishley, »er ist Sänger, Musiker, ein ausgezeichneter Musiker von der Ostküste! Ich habe Ihnen doch seine letzte Single gegeben, erinnern Sie sich?« – »Aber natürlich«,

entgegnete Mr. Diagne wiehernd. Seine eng zusammenstehenden, durchdringenden und sehr beweglichen Augen lagen tief in ihren Höhlen unter zwei kleinen, schützend vorspringenden Wölbungen am Stirnansatz. Sein winziger, nach hinten spitz zulaufender Schädel schien kahl rasiert, war aber, wie sich bei genauerem Hinsehen zeigte, von einer Flechte bedeckt, die offenbar rauh war wie Stahlwolle und über den Schläfen nur spärlich wuchs. Seine Ohren waren klein und ausgeprägt. »Sagen Sie mir doch bitte noch einmal den Titel Ihrer Schallplatte«, bat er Ruby. »Herrlichkeit und Sehnsucht der Weiten Afrikas«, erwiderte Ruby. »Gewiß«, stellte Mr. Diagne fest. »Ein Titel, dem es sicherlich nicht an Wertschätzung fehlen wird.« – »Ich habe Ihnen noch ein zweites Exemplar mitgebracht, für den Fall, daß Sie das erste verlegt haben sollten«, sagte Ruby. Er zog eine kleine Platte aus der Sporttasche, die über seiner Schulter hing, und gab sie Mr. Diagne, der einen zerstreuten Blick auf das Cover warf.
»Wissen Sie, junger Mann«, ließ sich Mr. Diagne vernehmen, während er einen Schritt zurücktrat und den Kopf in den Nacken legte, um Ruby in die Augen sehen zu können, »die Leute, die hierherkommen ... nach Nairobi ... ins Hilton ... oder in eines der anderen großen Hotels ... kommen nicht, um Musik von der Schallplatte zu hören, selbst wenn sie mit allergrößter Sorgfalt aufgenommen wurde wie Ihre, woran ich nicht zweifle! Sie kommen, um Musiker zu hören ... aber auch zu sehen ... Musiker, Sänger und Tänzer ... um ihren Hunger nach lebendiger Musik zu stillen! Das ist ein Bestandteil ihrer Entdeckung Afrikas.« – »Es würde mich nicht im geringsten stören, allein oder mit

Orchesterbegleitung zu singen!« entgegnete Ruby. »Im letzten Jahr habe ich in Boston sechs öffentliche Konzerte gegeben, und es ist nicht gelogen zu sagen, daß das dortige Publikum eines der schwierigsten ist.« – »Sechs Konzerte … mit überwältigendem Erfolg«, setzte Mr. Aishley hinzu. »Wie sieht Ihr Repertoire aus?« fragte Mr. Diagne. »Ich versuche, den Amerikanern das Afrika ihrer Vorfahren zu vermitteln«, antwortete Ruby. »Leider sind wir hier aber in Afrika!« erwiderte Mr. Diagne. »Gewiß wollen auch wir das Afrika unserer Vorfahren feiern, aber abgestimmt auf den Geschmack der Moderne! Sie können sich sicher vorstellen, daß die Diplomaten und Geschäftsleute, die sich entschieden haben, in unserem Hotel abzusteigen (beziehungsweise in einem anderen Hotel dieser Kategorie), genau wissen, was sie wollen. Sie kommen weder nach Nairobi, um Mozart zu hören, noch um den Tänzen von Menschenfressern beizuwohnen!« – »Davon kann doch überhaupt nicht die Rede sein, Edward!« warf Mr. Aishley ein. »Gewiß … gewiß …«, erwiderte Mr. Diagne beschwichtigend und zog an den gestärkten Manschetten seines Hemdes, damit sie unter den Ärmeln seines dottergelben Jacketts zum Vorschein kamen. »Gewiß! Aber gestatten Sie mir, liebe Freunde, mich selbst einen Augenblick als Beispiel anzuführen. Sie sehen mich vor sich. Ich gehöre zum Volk der Barouala, den leiblichen Vettern der Pygmäen. Mein Vater ist der Häuptling des Dorfes. Er geht nackt, trägt den Knochen eines Pelikans durch die Nase gebohrt und das Geschlecht mit einem Penisschutz bedeckt. Ich fiel einem Missionar auf, und er nahm mich mit nach London, so daß ich schließlich in Oxford studierte. Wenn die reichen Reisenden, die hier absteigen und es vielleicht nicht ertragen, daß ein Schwarzer vom Personal genauso gekleidet ist wie sie, mich in meinem gelben Smoking sehen, finden sie mich vielleicht nicht ganz *echt* – um ein Wort zu nennen, das sie gern benutzen –, aber was würden sie wohl sagen, wenn ich sie völlig nackt und mit einem Penisschutz empfinge? Sie würden mich bei der Polizei anzeigen. Ich soll sie in ein anderes Land führen, sie unterhalten, aber nicht schockieren; und dasselbe gilt für die Musik, die ich ihnen vorzuspielen habe. Hier sind übrigens die ›Hoop Hilton's Black Boys‹, eine unserer besten Gruppen. Sie kommen, um für das Konzert, das sie heute abend geben werden, zu üben. Wenn Mr. Ruby Bobo mir sagen würde, was er von ihrer Musik hält, wäre ich außerordentlich erfreut.« Sechs oder sieben Musiker betraten lässig den Saal. Sie entstammten dem für seine Tänzer bekannten Volk der Youaroyok, das an der Grenze zu Somalia lebte. Sie waren hochgewachsen und mager, mit flachem Gesicht, krummer Nase, dicken Lippen und grauer Haut. Sie trugen lange weiße Gewänder, auf deren Vorder- und Rückseite die Initialen H.H.B.B. in großen, phosphoreszierenden Lettern prangten; ihre Instrumente steckten in eleganten, weißledernen Überzügen. Mit einem Satz sprangen sie auf das Podium neben der Tanzfläche, wo ein Flügel stand. Einer setzte sich an die Tasten, die anderen zogen ihre Instrumente aus den Hüllen, und dann begannen sie voller Energie amerikanische Melodien aus den Fünfzigern zu spielen, zu denen Mr. Diagne mit den Fingern schnippte. »Wunderbar«, sagte Ruby. Er nahm Mr. Aishley beim Arm, sie verabschiedeten sich von

Mr. Diagne und gingen hinaus. Als sie über die Schwelle des Hilton ins Freie traten, traf die Hitze sie wie ein Faustschlag mitten ins Gesicht.
Sie zogen an diesem Tag von einem Palast zum nächsten. Sie stellten sich bei den Verantwortlichen der drei Konzertsäle vor, klopften an die Türen von Nachtclubs und Striptease-Lokalen, streiften über den Campus der Universität, wo, wie man ihnen gesagt hatte, Jam-Sessions veranstaltet wurden ... Das Ergebnis war überall das gleiche: Rubys Musik interessierte nicht. Ein einziger Mensch bat ihn vorzusingen; ein gewisser Goué vom Volk der Ouatin, der zwei-, dreimal pro Saison außerhalb der Hauptstadt unter einem großen Zeltdach Folklorevorstellungen organisierte, die von den Agenturen empfohlen wurden. Er war von gelblichem Schwarz, hatte einen eiförmigen Kopf und leicht geschlitzte Augen. Er hatte mehrere Reisen in die USA unternommen und kannte Ruby vom Namen her. Sie trafen ihn in seinem Büro im Erdgeschoß an einer Durchfahrtsstraße. »Bitte, führen Sie mir etwas vor«, bat er Ruby. Daraufhin nahm Ruby seine kleine Trommel aus dem Rucksack, den er den Tag über nicht geöffnet hatte, ließ sich im Schneidersitz, die Trommel zwischen den Beinen, nieder, lehnte den Rücken an die Wand und begann mit dem Fingernagel über das gespannte Fell zu kratzen. Er führte ein paar rasche Wirbel mit den Fingerspitzen aus, bestimmte so den Rhythmus ... und begann mit halblauter Stimme eines seiner Lieblingslieder zu singen ... es hatte bei den Schwarzen in Boston, aber auch bei den Weißen stets großen Beifall gefunden ... ein Lied, das er im letzten Jahr zum Gedenken an den Todestag von

Malcolm X geschrieben hatte ... des revolutionären Leaders aus den sechziger Jahren ... inzwischen fast vergessen ... »Malcolm X ... Malcolm X ... Als du uns vom alten Afrika erzähltest ...« Seine Stimme zitterte ein wenig. Mr. Goué sah ihn verblüfft an. Ruby sang eine einzige Strophe und hörte dann von selbst auf, seine Hände lagen flach auf der Trommel. »Was ist los? Fühlen Sie sich nicht gut?« fragte Mr. Aishley. »Lassen Sie uns sofort von hier abhauen«, erwiderte Ruby.

PAOLO BRACHTE SEINEN MOTORROLLER wieder zu dem gewohnten Unterstand und begab sich eilends zur Piazza Rotonda. Die Hotelhalle war leer. Hinter dem Tresen aus lackiertem Mahagoni verfolgte der Nachtportier Benito Leone, ein untersetzter, kahlköpfiger Fünfziger, der seiner Alpakajacke und seinem Rolli treu geblieben war, in einem kleinen tragbaren Fernseher, den er neben sich stehen hatte, das Fußballspiel Juventus–Neapel.

»Ciao Benito.«

»Ciao Paolo.«

»Wer gewinnt?«

»Juve.«

Paolo schloß sich in einer der Telefonzellen neben dem Fahrstuhl ein und suchte mit fiebriger Hand in dem dicken gelben Telefonbuch nach der Nummer der Moderatorin. Aber sie war nicht zu finden. Er rief beim Canale Oscuro an, wo man ihn abwimmelte. Wenn er mit einem der Stars des Senders in Kontakt zu treten wünsche, solle er schreiben. Der Brief würde vom Sekretariat gelesen, die Antwort sei bereits vorgedruckt. Ob er eigentlich wisse, wie viele Briefe die Signora Fulvia Cipriatti täglich erhalte? Zwischen zwei- und dreitausend, die fünfzig Blumensträuße nicht mitgerechnet. Ausschließlich Liebesbriefe, wohlgemerkt, besonders seit die rotbemalten Brüste auf dem kleinen Bildschirm erschienen seien. Viel Glück! Paolo legte wutschnaubend auf und ging zurück in die Halle.

»Wie bekommt man die Nummer einer Dame heraus, die nicht im Telefonbuch steht?« fragte er den Portier.

»Das ist unmöglich, die Geheimnummern werden streng geschützt; aber man kann immerhin versuchen herauszubekommen, wo sie wohnt«, antwortete der Portier, ohne seinen Blick vom Bildschirm zu wenden.

»Und wenn man nicht weiß, wo sie wohnt?«

»Dann versucht man herauszufinden, wohin sie geht, drückt sich in Nischen, faßt sich in Geduld und wartet. Die Erfahrung lehrt, daß das Beutetier Umgang mit den Terriern hat. Und jetzt sei still, ich verfolge das Spiel. Neapel steht kurz vor dem Ausgleich!«

Paolo durchquerte die Halle, verließ das Hotel durch den Haupteingang und machte sich auf, seinen Motorroller zu holen. Natürlich wußte er, wohin sie ging!

Das Abendessen in der englischen Botschaft war glanzvoll. Nach dem Mahl begaben sich die Männer ins Rauchermzimmer, die Damen versammelten sich um Lady Consgrave im kleinen rosa Salon. Man sprach über die Turner-Ausstellung, die die Botschafterin für den Herbst in den Festsälen plante. Als Fulvia Cipriatti ihr versicherte, eine solche Ausstellung sei um so willkommener, als eine Unzahl von Römern nie die Zeit hätte, nach London zu fahren, faßte Lady Consgrave ihren Ellbogen und sagte laut: »Kommen Sie mit hinauf in mein Zimmer, ich will Ihnen einen Hermès-Schal zeigen, den ich heute morgen aus Paris erhalten habe.« Sobald sie im Schlafzimmer waren, sagte Lady Consgrave mit glitzernden Augen: »Also, was machen wir?« – »Barbara Hoolingwer und Jimmy Hackenbrush sind gestern angekommen. Sie sind im ›Hassler‹ abgestiegen und haben sich den kleinen Palazzo der Villa Barberini zur Verfügung stellen lassen. Wie verabredet werden sie heute abend ein großes Fest veranstalten. Wir können unbesorgt hingehen, es sind nur Amerikaner dort, aber ich habe Sie gewarnt, es wird hart zugehen.« – »Können wir so hingehen, wie wir sind?« – »Bedecken Sie Ihr Kleid nur mit einem schwarzen Cape, und ersetzen Sie den echten Schmuck durch unechten.« – »Ich trage bereits unechten.« – »Perfekt. Um welche Uhrzeit, meinen Sie, können wir hier verschwinden?« – »Gegen Mitternacht, aber um vier Uhr muß ich unbedingt wieder zu Hause sein.« – »Ich auch.« – »Wer kommt mit?« – »Wir können zu zehnt sein: fünf Männer und fünf Frauen. Haben Sie eine Idee?« – »An Frauen: Sie, ich, Pam Dawson, Lorraine Martin und Sylcia d'Albino«, zählte Lady Consgrave an den Fingern ab. »Und an Männern«, fuhr sie fort, während sie an derselben Hand abzählte: »Douglas, Fred, Leonardo, Horst ... und wen Sie wollen.« – »Ich hätte da jemanden«, erwiderte Fulvia. »Wenn er so ist, wie ich vermute ... Geben Sie mir zehn Minuten.« – »Okay, ich gehe ins Bad, und wir treffen uns dann unten.« Fulvia durchquerte die langen Korridore, eilte die große Treppe hinunter, durch die Eingangshalle, wo zwei große

Lakaien in leuchtend roter französischer Tracht einander absolut reglos gegenüberstanden, die Freitreppe aus weißem Marmor hinab, über den großen Platz und hinein in die warme Nacht. An die hundert Menschen drängten sich vor der Botschaft und warteten plappernd darauf, daß die geladenen Gäste herauskamen. Links unter den Pinien waren die Autos in einer Reihe geparkt. Die Chauffeure standen in kleinen Gruppen herum, rauchten und schwatzten miteinander. Fulvia ging rasch auf ihren Wagen zu, einen grauen Mercedes älteren Modells. Ihr Chauffeur stand an einen Baum gelehnt und unterhielt sich mit einem seiner Kollegen sowie einem breitschultrigen jungen Mann, den sie sofort wiedererkannte: Es war der Pizzaiolo. Er wollte ihr etwas sagen, aber sie preßte mit Daumen und Zeigefinger seine Lippen zusammen und riß ihn so am Mund von seinen Gesprächspartnern los, führte ihn zu ihrer Limousine, deren Tür der Chauffeur sogleich aufriß. »Setz dich«, sagte sie, »und rühr dich nicht, bis ich komme.« Der Chauffeur warf die Wagentür zu und grüßte Fulvia, die zurück in die Botschaft eilte.

Mit einem Ruck wachte Harriet auf. Es war schon heller Tag. Auf dem Bett neben ihr lag ein Stück Papier. »Brauche etwas frische Luft. Fahre für acht Tage weg.« Nachdem er sich einen Vorrat an Benzin und Wasser besorgt hatte, war Ruby im Landrover einfach losgefahren. Harriet lief hinüber zu den Aishleys. »Ich habe heute morgen gegen fünf gehört, wie ein Auto angelassen wurde«, erzählte Mr. Aishley, »und geglaubt, ihr wärt zusammen nach Nairobi gefahren.« – »Er ist bestimmt nach Norden gefahren ...« sagte Harriet, »weit weg von den Menschen ... Er ist auf der Suche nach dem Afrika, von dem er träumte ...« Mr. Aishley breitete eine Landkarte auf dem Tisch aus. »Seht her ... Im Norden sind überall Reservate und also auch Touristen ... Im Osten ist das Meer ... also noch mehr Leute ... Wenn er wirklich in die Wildnis flüchten wollte, kann er nur in Richtung Nordosten gefahren sein.« Seine Hand zeichnete die mit Punkten gekennzeichnete Route nach ...« – »Wohin kommt man da?« fragte Harriet. »Ich weiß nicht genau ... nach Somalia ... Er könnte auf Nomaden stoßen ...« – »Shit, shit und bullshit!« Sie stiegen in den Landrover der Aishleys und kamen überein, jeden Tag fünfhundert Kilometer in Richtung Nordwesten zurückzulegen und dabei ein fächerförmiges Gebiet in einem Winkel von fünfundvierzig Grad abzusuchen.

PAOLO FROLANI SCHLENDERTE langsam nach Hause. Er war also nicht von Lady Consgrave eingeladen worden? Nun gut, dann ging er eben nicht zu dem Abendessen bei Lady Consgrave. Er würde in seinen Michelangelo-Bildbänden blättern, da gab es genügend Frauen, die wie Ringer gebaut waren. Seit ewigen Zeiten bewohnte er eine Dreizimmerwohnung im Erdgeschoß eines prunkvollen alten Gebäudes in der Via Pascarelli. Zuerst hatte er mit seiner Frau hier gewohnt, dann, als er Witwer war, mit einer Haushälterin, die ein paar Jahre später ebenfalls verstarb. Nach dem Verschwinden der Haushälterin hatte er versucht, mit einer schwarzen Katze zusammenzuleben, die ihm eine seiner Nachbarinnen – voller Mitleid, weil er so einsam war – geschenkt hatte, aber nach drei Wochen hatte er sich wieder von dem Katerchen trennen müssen, weil es zu mißtrauisch, zu aufdringlich und zu reizbar war. Er lebte allein. Eine Nachbarin, Signora Roberta Baldi, Hausmeisterin eines Apartmenthauses mit mäßigen Mieten, das drei Straßen entfernt lag, auf der Grenze des bourgeoisen Roms zum volkstümlichen, führte ihm den Haushalt. Gleichfalls verwitwet, mager und schwarz, mit einer großen, geraden Nase und den glänzenden Augen der

Umbrierinnen, hatte sie eine recht komfortable Unterkunft gefunden, besaß aber keine Einkünfte und hatte seinerzeit das ganze Viertel nach einer Anstellung abgesucht. Sie hatten sich auf Anhieb verstanden; sie würde an drei Nachmittagen der Woche zu ihm kommen und seinen Haushalt führen, gegen ein Entgelt von zehntausend Liren. »Ich halte Sie auf Abstand, liebe Signora, solange unser Übereinkommen noch nicht beschlossene Sache ist«, hatte er zu ihr gesagt, in so höflichem Ton, als spreche er mit der Botschafterin Englands, »denn ich habe meine ganz eigene Art und Weise zu leben. Ich empfange gelegentlich einige Freundinnen, von denen die meisten der gehobenen Gesellschaft angehören, und von der Frau, die mir das Haus führt, verlange ich, daß sie verschwiegen ist wie ein Grab. Sind Sie fromm?« Viel zu beeindruckt, um eine Antwort zu geben, hatte sich die Umbrierin damit begnügt, die Finger ihrer rechten Hand – welch arme, zerfurchte, ausgetrocknete Hand, geschunden von Chlorlauge, Scheuerpulver und Waschmittel! – unter ein Abbild der Jungfrau zu halten, das sie an einem Dublee-Kettchen um den Hals trug. »Warten Sie einen Augenblick.« Er war mit dem Meßbuch seiner Frau zurückgekommen, einer sehr gottesfürchtigen Frau, die niemals die Morgenmesse in der benachbarten Kapelle Sant-Ambrosio versäumt hatte. »Schwören Sie auf dieses Meßbuch, daß Sie schweigen werden!« Er hatte ihr das mit Lesezeichen und Heiligenbildchen übervolle Meßbuch vor die Nase gehalten. Sie hatte die Hand darauf gelegt und geschworen. »Ich stelle Sie ein.« Dann hatte er sie durch die Wohnung geführt.

Es war eine großbürgerliche Wohnung, stattlich und

düster, die Wände mit einem Lederimitat bespannt; das Wohnzimmer, aus dem er das Meßbuch geholt hatte und das er fortan »das Sanktuarium« nannte, war verriegelt, denn dort hatte er mehr oder weniger durcheinander, aber nicht ohne Pietät, verschiedene Erinnerungsstücke zum Gedenken an seine Frau angesammelt. Fotos, Schals, Halstücher, Ohrringe, Medaillons, Armbänder, Ringe, Ketten, weiße Kragen, das Meßbuch, ein Rosenkranz, die gehäkelten Handschuhe, die sie zu ihrer Hochzeit getragen hatte, und der Fingerhut, den sie so oft benutzt hatte ... treusorgende Hausfrau ... treusorgende Seele ... treusorgende, seelenvolle Hausfrau, mütterlich bewegt und stets getrieben von der maßlosen Liebe zu ihrem Zuhause ... ließen auf der Intarsien-Kommode einen zwar bescheidenen, aber ach wie rührenden Reliquienschrein entstehen! Es verblieben drei Zimmer: ein fensterloser Vorraum, in dem er gewöhnlich seinen Hut abnahm und sich beim Nachhausekommen unverzüglich die Schuhe auszog, um dann in der warmen Jahreszeit barfuß herumzulaufen oder, sobald der Herbst begonnen hatte, seine alten purpurroten Samtpantoffeln mit den verschlungenen, in Gold eingestickten Initialen überzuziehen, das Abschiedsgeschenk einer Engländerin, deren Namen er seit langem vergessen, deren Gesicht er aber noch immer in Erinnerung hatte, ihr besonderes Lächeln, bei dem durch die winzige Öffnung zwischen den beiden mittleren oberen Schneidezähnen die Zungenspitze hervorlugte; ein Schlafzimmer, an das sich ein kleines Bad und eine kleine Küche anschlossen; und schließlich ein Arbeitszimmer, dessen Fußboden mit Teppichen und Fellen bedeckt war; wo die

Bücherschränke, die Regale und die langen Tische unter der Last der Bücher schier barsten und in dessen Mitte, gegenüber vom Schreibtisch, auf einem Podium, zu dem drei Stufen führten, ein hoher Holzstuhl stand, beladen mit Brettern, Ketten, Riemen, Steigbügeln, Fußangeln, von denen auf den ersten Blick schwer zu sagen war, wozu sie dienten. »Was für ein seltsamer Stuhl!« hatte die neue Haushälterin ausgerufen. »Ein Stuhl für Damen«, hatte der Journalist entgegnet, ohne weitere Einzelheiten anzuführen. »Er muß stets vollkommen sauber und gewachst sein.« – »Sehr wohl, Signore.« Dieser Stuhl stammte von der Cipriatti, die ihn ihm am Tag nach einer etwas verrückten Nacht, die sie in Trastevere bei Freunden der jungen Frau verbracht hatten, die ihrerseits ... Aber wozu das alles erklären?... Ein Erinnerungsstück!

Wenn Roberta Baldi, diese fromme Frau, auch einige Bemerkungen zu diesem merkwürdigen Stuhl zu machen gehabt hätte, ebenso wie zu dem Koffer voller Fußfesseln, Ketten, Masken und Peitschen, den sie etwas später in einem Wandschrank des Arbeitszimmers finden sollte, wo sie nach alten Putzlappen suchte, so hütete sie sich wohl; eine nicht unangenehme Arbeit, die alles in allem gut bezahlt wurde, war in dem Viertel viel zu schwer zu finden, als daß eine Hausangestellte es sich hätte erlauben können, ihrem Herrn indiskrete Fragen zu stellen! Ganz im Gegenteil, sie fand Geschmack an der Arbeit bei dem alten Journalisten, der die meiste Zeit, die sie in der Wohnung zubrachte, abwesend war und der es nie versäumte, ihr auf dem Tisch im Vorraum neben den wöchentlichen zehntausend Liren einen kleinen Blumenstrauß zu hinterlassen, dem eine Visitenkarte mit folgenden Worten beigelegt war: »Für Sie, liebe Signora Baldi, mit meinem herzlichsten Dank und den besten Wünschen.« Ein alter Mann, vielleicht … aber ein Mann, der das Herz der Frauen kannte! Es wurde ihr zur Gewohnheit, montags, mittwochs und freitags in die Via Pascarelli zu kommen. Montags sammelte sie die Schmutzwäsche ein, um sie zum Waschen mit nach Hause zu nehmen, putzte die Fenster und saugte Staub. Mittwochs reinigte sie das Badezimmer, die Küche und das Schlafzimmer gründlich. Freitags brachte sie die saubere Wäsche zurück, nahm sich das Arbeitszimmer vor und wachste den großen Stuhl, bis er wie die Dielen eines Klosters glänzte. Sie hatte sich von dem Journalisten eine ausklappbare, mehrstufige Trittleiter kaufen lassen, um an die oberen Pfosten zu gelangen, das Podium und die Stuhlbeine wachste sie auf allen vieren.

Als ein paar Wochen später der Journalist wegen einer leichten Grippe mehrere Tage lang das Haus hüten mußte, machte sie die Bekanntschaft einer sehr liebenswürdigen jungen Dame, die ihr sagte, sie sei die Contessa Cipriatti und hege die größte Verehrung für den leidenden Herrn, dem eine Schachtel Pralinen zu bringen sie sich erlaube. Contessa …? Es schien ihr, als habe sie die Dame schon im Fernsehen gesehen, ziemlich leicht bekleidet. Das war ja Mode. Sobald sie dem Journalisten den Besuch gemeldet hatte, bat dieser, sie möge den Tee in seinem Arbeitszimmer servieren – in dem er sich dann mit seiner Besucherin einschloß. Als Signora Baldi an der Tür horchte, vernahm sie gewisse Geräusche, aus denen sie schloß, daß die Contessa zweifellos zu jenen eleganten Damen zählte, die regelmäßig kamen, um auf dem hohen Stuhl ihres Herrn Platz zu nehmen und sich Peitschenhiebe versetzen zu lassen. Als sie am nächsten Tag wiederkam, schenkte die Contessa der Haushälterin ein Kleid und zwei Paar Schuhe, die so gut wie neu waren und die sie, wie sie sagte, nicht mehr tragen würde. Der Winter ging vorüber. An einem Freitag nachmittag fand die Haushälterin den Journalisten an seinem Schreibtisch sitzend vor. Er war nicht in die Stadt gegangen, wie er es gewöhnlich tat, da er dringend ein Vorwort zu einem Lyrikband fertigzustellen hatte. Er bat sie, wie gewöhnlich ihrer Arbeit nachzugehen. Als sie auf allen vieren begann das Podium zu wachsen, auf dem der hohe Stuhl stand, sagte er: »Signora Baldi, ich möchte Sie etwas Wichtiges fragen.« – »Mich, Signore?« fragte die bescheidene Frau und richtete kniend den Oberkörper auf, den wollenen Putzlumpen in der Hand. »Legen Sie den Lumpen zur Seite, kochen Sie Kaffee und trinken Sie eine Tasse mit mir.« Als sie gemeinsam Kaffee tranken, erklärte er ihr, daß seine teure Freundin, die Contessa, Rom für einen Monat verlassen werde, da sie zu einer Reise nach Afrika eingeladen sei. Er werde also ihre regelmäßigen Besuche entbehren, die für sein körperliches Wohlbefinden und, mehr noch, für die Konzentration, welche er bei seiner Arbeit aufbringen müsse, so notwendig seien. Ob sie das verstehe? O natürlich, Signore! Armer Signore. Danke, Signora Roberta. Trinken Sie noch einen Kaffee. Da sie sich so gut verstünden – könnte es nicht sein, daß sie, Signora Roberta, die durch ihren Beruf doch so viele Leute ein- und ausgehen sehe, unter den jungen Frauen des Viertels eine Signorina oder eine Dame wüßte, die, wohlgestalt und seiner Sprache mächtig, dazu bereit sei, ein wenig Zeit mit ihm zu verbringen, hier, in diesem Zimmer, ein-, zweimal die Woche, beispielsweise an Samstagen oder Donnerstagen? Absolute Diskretion sei ihr sicher. Es gebe zwanzigtausend Lire für besagte Dame und jedesmal zehntausend für sie, die liebe Signora Roberta. Hier, um ihr zu beweisen, wie ernst es ihm sei, wolle er ihr sofort zehntausend Lire im voraus geben. Er holte seine Brieftasche heraus und gab der Haushälterin einen Zehntausendlireschein. Wäre dieses Geld nicht unverzüglich zum Vorschein gekommen, hätte Signora Roberta zunächst einige Einwände erhoben, da sie den Zehntausendlireschein aber schon in der Hand hielt, schlossen sich ihre Finger ganz von selbst darum.

»Was halten Sie davon, meine Liebe?« fragte Paolo Frolani.

»Nun ja, Signore ...«, entgegnete sie und ließ den Schein in ihr Mieder gleiten.

»Alles wird gut verlaufen, Sie werden sehen. Die Frauen, die Sie mir schicken werden, brauchen kein einziges Wort zu sagen. Sie brauchen mir nur ein kleines Paket von der Wäsche, die Sie zum Waschen mitgenommen haben, zurückzubringen. Dann weiß ich, daß sie von Ihnen kommen.«

»Ja, Signore.«

»Also, dann werde ich mich wieder an mein Vorwort setzen.«

Paolo Frolani versank wieder in seinen Büchern, Signora Roberta räumte das Kaffeegeschirr ab und machte sich erneut daran, auf allen vieren die Beine des Stuhls zu wachsen.

Von etwas verspäteten Gewissensbissen befallen, mußte sie auf dem Nachhauseweg daran denken, daß es ihr zweifellos ziemlich schwerfallen würde, der Verpflichtung, die sie gerade auf sich genommen hatte, nachzukommen, doch dann wurde ihr rasch klar, daß es für sie einfach, sogar sehr einfach sein würde, denn in dem Viertel, in dem Arbeiterfamilien und Kleinbürger gleich neben den vornehmen Leuten der Via Pascarelli wohnten, kam es nicht selten vor, daß sie bei ihren Einkäufen im Supermarkt oder beim Schwatz mit den Nachbarinnen auf dem Kirchenvorplatz die eine oder andere Frau sagen hörte: »Ach, ich wüßte schon, was ich täte, wenn ich mal zwanzigtausend Lire nur für mich zur Verfügung hätte!« Sie hätte dann nur die Jammernde ein wenig zur Seite zu nehmen. »Wollen Sie wirklich mühelos zwanzigtausend Lire verdienen?« – »O ja!« – »Also, dann hören Sie zu: Sie brauchen nur ein Paket Wäsche abzuliefern.« Mit wenigen Sätzen machte sie sich verständlich. Die meisten Frauen oder jungen Mädchen, die sich bereit fanden, auf ihren Vorschlag einzugehen, hatten schon verstanden, worum es sich handelte, noch ehe sie ihre Erklärungen ausgeführt hatte!

Paolo Frolani hatte im Alter von dreiundzwanzig Jahren beim *Espresso* angefangen. Fünfzehn Jahre lang hatte er kurze Notizen für den Kulturteil geschrieben, dann, als er achtunddreißig war, wurde ihm die Literaturkritik übertragen, und seit vierunddreißig Jahren füllte er diese Rubrik, ohne sie auch nur ein einziges Mal aus der Hand zu geben. Für jede Ausgabe erhielt er siebenhunderttausend Lire, minus zwölf Prozent Sozialabgaben, was ihm ein monatliches Einkommen von ungefähr zwei Millionen fünfhunderttausend Liren sicherte. Da er wenig Geld ausgab, Eigentümer seiner Wohnung war – er hatte sie von seinen Eltern geerbt –, genügsam aß und Reisen haßte, war es ihm gelungen, im Laufe der Jahre ein Vermögen anzuhäufen, das sich auf etwa hundert Millionen Lire belief. Davon hatte er ein Drittel in Staatsanleihen angelegt, ein Drittel in ausländischen Fonds, und ein Drittel bewahrte er bar in einem Mietsafe der Banco di Roma an der Piazza della Vittoria auf, deren Direktor ein Freund von ihm war. Ein- oder zweimal im Monat, wenn er in der Gegend zu tun hatte, suchte er die Bank auf, stieg hinunter in die Panzerkammer, entnahm seinem Schließfach einige Umschläge voller Banknoten, setzte sich in die kleine Kabine aus verdunkeltem Glas, die das Institut seinen Kunden zur Verfügung stellte, betrachtete die Scheine und überlegte sich, was er wohl mit dem Geld machen könnte. Nach seinem Tod würde sein Vermögen in drei Teile aufgeteilt werden: Ein Drittel sollte an Fulvia Cipriatti gehen, ein Drittel an den *Espresso*, damit der kleine, der Kulturredaktion zugewiesene Saal nach ihm benannt würde – und wenn die Leitung des Wochenmagazins das Geld in die Tasche stecken und vergessen sollte, die Tafel anzubringen, dann sollte sie zum Teufel gehen; und ein Drittel war einem Werk zugedacht, das sich um Findelkinder kümmerte, denn er hatte nie Kinder gehabt und bedauerte dies gelegentlich, ganz besonders – ohne daß er wußte, warum – an Regentagen. Alles war schwarz auf weiß in einem Testament festgelegt, das er dem Direktor der Bank zur Aufbewahrung übergeben hatte. Und in der Zwischenzeit? Das Geld wartete geduldig, allzu geduldig, auf den Ablauf der Fristen ... Am Tag nach dem Gespräch mit seiner Haushälterin ließ er sich im Taxi zur Bank fahren, ging hinunter in die Panzerkammer und verließ sie wenig später mit fünfzig Zwanzigtausendlirescheinen und fünfzig Zehntausendlirescheinen in seiner Aktentasche, genug also, um fünfzig von Signora Roberta geschickte Frauen freizuhalten und die Signora selbst fünfzigmal für ihre guten Dienste entlohnen zu können. Von jetzt an klingelten jeden Donnerstag und jeden Samstag Frauen an der Tür, um ihm ein Paket Wäsche zu bringen.

Sie wurden in sein Arbeitszimmer gebeten, entkleideten sich vollständig und nahmen auf dem hohen Stuhl Platz. Aber des öfteren, wenn er müde war, ließ er sie einfach angekleidet über eine kleine Trittleiter auf die Maschine klettern, das Gesicht auf den oberen Querbalken der Rückenlehne legen und weiter nichts. Er selbst setzte sich auf einen speziellen, hochbeinigen Stuhl in der Art eines Cabaret- oder Barhockers – oder eher eines Kinderstühlchens zum Breiessen –, den er in einem Wandschrank parat hielt; und von diesem Beobachtungsposten aus betrachtete er aus nächster Nähe das Gesicht der Frau – vielleicht zum letztenmal. Er sah es an, berührte es, streichelte es, kniff es, schlug es, küßte es, leckte es. Er ließ seine alte Zunge über die junge Stirn, die jungen Augen, die jungen Wangen, die jungen Lippen, das junge Kinn wandern. Er glättete die Augenbrauen, berührte leicht die

Wimpern. Manchmal, wenn das Gesicht besonders hübsch war, in Italien keine Seltenheit, drückte er mit der Zunge durch die geschlossenen Lider hindurch gegen die jungen Augäpfel, ertastete ihre Rundung, Festigkeit und Elastizität, so wie eine Handfläche die Beschaffenheit einer jungen Brust durch den Pullover hindurch erkundet, und manchmal öffnete er mit der Zungenspitze die jungen Lippen, auch wenn diese sich widerspenstig zeigten, um an das Email der jungen Zähne zu gelangen. Er leckte dieses Email, das den Geschmack von Zahnpasta oder Capuccino oder Spaghetti al Pomodoro oder Hollywood-Kaugummi haben konnte. Er zog seine Zunge zurück, die Lippen schlossen sich wieder, noch fünf Minuten streichelten seine Finger das Gesicht, adieu, adieu. All diese Formen, all diese Stirnen, all diese Wangenknochen, all diese Nasen! All dieses Haar! Es war vorbei, sie stiegen von der Maschine herunter, hier meine Liebe, die vereinbarten zwanzigtausend Lire. O mille grazie, auf ein anderes Mal! Versuchen Sie, mir eine Ihrer Freundinnen zu schicken, ich liebe das Neue. O ja, aber natürlich, machen Sie sich keine Sorgen, auf Wiedersehen, Signore, oh, was für ein alter Narr!

Die Haushälterin vertraute Paolo Frolani an, daß eine der Wäschezustellerinnen, und zwar eine der hübschesten, Verkäuferin in einem großen Kaufhaus, die sich – nachdem sie in der Via Pascarelli mit gelöstem Haar, lidstrichverlängerten Augen, blutroten Lippen, angemalt wie eine billige Nutte erschienen war, auf die Bitte des Journalisten hin allerdings die Schminke abgewischt und das Haar nach hinten gebunden hatte (über das er ihr dann ein einfaches weißes Leinentuch gelegt und im Nacken verknotet hatte) – abrupt zu einer Signora des Cinquecento gemausert hatte – kalt und hochmütig, mit blasser Haut, schmalen Lippen, harten Augen, zusammengekniffenen Nasenflügeln –, als sie von ihm kam, gesagt hatte: »Ich würde schon noch einmal zu ihm gehen, er zahlt gut, und man überanstrengt sich nicht, aber er ist so entsetzlich alt; dieses Gesicht vor sich zu sehen ist einfach zu schrecklich!«

Paolo Frolani war in den zwanziger Jahren, auf dem Schoß seiner Mutter, ein so hübsches blondes Baby gewesen, aber wer konnte sich daran noch erinnern! Er wußte sehr gut, daß er im Laufe der Zeit ein solches Gesicht bekommen hatte, und des öfteren, wenn er unvorbereitet in den Spiegel blickte, zuckte er zusammen. Aber wenn der erste Schock vorüber war, söhnte er sich zu guter Letzt doch immer wieder mit diesem unerwarteten Abbild aus, denn irgendwie gelang es ihm jedesmal, in diesem runzeligen, verwüsteten, erschlafften, mitgenommenen, zerstörten Gesicht die Züge des jungen Mannes zu finden, der er zwischen fünfunddreißig und vierzig gewesen war. Hinzu kam, daß die unzähligen Frauen, mit denen er in den letzten Jahren Umgang gehabt hatte – angefangen bei seiner liebsten Freundin, der Moderatorin, die sich jeden zweiten Tag als Contessa ausgab –, seinem Äußeren keinerlei Bedeutung beimaßen, ob nun zu Recht oder zu Unrecht. Besonders Fulvia Cipriatti hatte sich häufig mit Scheusalen zur Schau gestellt. »Was macht das schon, wenn man es liebt, geliebt zu werden?« hatte sie eines Tages der

Domenica del Corriere geantwortet, die gefragt hatte, warum sie zu einem großen Ball in Begleitung einer Jahrmarktssensation erschienen war. »Aber wie kann man sich von einem abstoßenden Wesen lieben lassen?« hatte der Journalist beharrlich weitergefragt. »Wie auch immer er sein mag, ist er nicht nach dem Bilde Gottes geschaffen?« hatte die Moderatorin erwidert. Niemals hatte Paolo Frolani von ihr auch nur die leisesten Anspielungen auf sein offensichtliches Alter, auf seine Vergreisung gehört. Die Bemerkung der jungen Verkäuferin verletzte ihn zutiefst. Vier Tage lang mußte er das Bett hüten, sobald er aufstand, erwies sich, daß er unfähig war, sich auf den Beinen zu halten. Er hörte auf zu essen, zu lesen, zu schreiben. Zum erstenmal, seit er für die Literaturkritik im *Espresso* zuständig war, schickte er keinen Artikel. Er ließ durch die Haushälterin die Besuche zweier Wäscheüberbringerinnen absagen, von denen der eine für Samstag, der andere für den darauffolgenden Donnerstag vorgesehen war. Es ging ihm allem Anschein nach so schlecht, daß Signora Roberta es auf ihre Kappe nahm, die Cipriatti zu Hilfe zu rufen – obgleich ihr Herr dieser, als sie anrief, um sich nach dem Grund seines Schweigens zu erkundigen, hatte ausrichten lassen, er sei für ein paar Tage verreist.

»Da hat er mich also wieder einmal belogen, dieser Gauner«, rief die Moderatorin aus. Sie eilte herbei, zog sich aus, tröstete ihn, schlüpfte zu ihm in die Kissen. »Die Wärme, das einzige Heilmittel! Leg dich zusammengerollt an meine Brüste, mein Lieber: die Embryonalstellung ...!« Als sie dann im Badezimmer war, kam ihr eine Idee, von der sie ihn umgehend in Kenntnis setzte: Noch im selben

Monat würde sie in der Villa Lapidi, die sie sich für eine Nacht von einem ihrer Verehrer, dem Conte Fario, leihen würde, ein großes Fest organisieren, auf dem alle Gäste, egal, ob sie zwanzig oder achtzig seien, Masken zu tragen hätten, die die Züge ihrer blühendsten Jugend zwischen zwölf und sechzehn Jahren – jeder nach eigener Wahl! – lebensecht darstellten. »Und wer wird diese Masken anfertigen?« – »Die Brüder Mondani aus Orvieto, sie arbeiten für den Film und verstehen diese Art Dinge meisterhaft zu gestalten. Es genügt, ihnen ein Foto zu geben. Sie besitzen doch wohl ein Foto aus Ihrer Jugend, auf dem Sie sich schön finden?« – »Wer hätte das nicht ...?«

PAOLO-DER-JOURNALIST fragte Paolo-den-Pizzaiolo, ob er ihn auf seinem Motorroller nach Orvieto fahren und lebend wieder mit zurücknehmen könne. Der Pizzaiolo sagte ja, er würde über kleine Landstraßen fahren. Der Journalist war seit dreißig Jahren nicht über Rom hinausgekommen. Er schickte eine kurze Mitteilung an die Moderatorin: »Ich fahre nach Orvieto, mit dem Pizzaiolo, mit dem wir uns neulich auf der Piazza Navona unterhalten haben, wie Sie sich vielleicht erinnern« (er wußte nicht, daß der Pizzaiolo und die Schöne sich am selben Abend vor der englischen Botschaft wiedergesehen hatten, zusammen auf der von den Amerikanern gegebenen Party gewesen waren und sich seitdem ständig trafen), »und falls ich die Fahrt auf seinem Roller nicht überleben sollte, vermache ich Ihnen alles, meine Möbel, meine Häuser, wie ich in meinem Testament bestimmt habe.« Als sie durch die Vororte der Hauptstadt kamen, überraschte es ihn zu sehen, daß sich nichts verändert hatte. Nicht ein Hauch von Leben auf den kahlen, versengten Hügeln, auf deren Gipfel je drei Zypressen gepflanzt waren. Sie fuhren an den verschlammten, stellenweise ausgetrockneten Seen entlang, die mit zerzaustem, wildem Schilf bewachsen waren und über denen Raben kreisten. Nach drei Stunden Fahrt gelangten sie nach Orvieto und tranken einen Kaffee, mit Blick auf den Duomo, der durch die riesigen, fabelhaft ausdrucksstarken Bronzestatuen ins Auge fiel, welche die vier Evangelisten, den Menschen, den Löwen, den Adler und den Stier darstellten und in zwanzig Meter Höhe förmlich aus der Marmorfassade hervorzuspringen schienen. Der Journalist erinnerte sich plötzlich daran, daß er als Kind mit seinen Eltern zu einem religiösen Fest hierhergekommen und angesichts dieser schwarzen Ungetüme, die mit aller Kraft die sonnigen weißen Mauern zu durchbrechen schienen, um sich auf ihn zu stürzen, sehr erschrocken war. Die Mutter hatte ihn lachend in die Arme genommen, um ihn zu beruhigen; dann hatte sie ein Glas Orchiatta getrunken. Er schloß die Augen und versuchte, die Erinnerung so lange wie möglich auszukosten; er umschlang seine eigene Brust mit den Armen – wie mager und knochig sein Brustkasten geworden war ... kaum größer als der eines Kindes! – und versuchte, seine Angst und zugleich das tröstliche Lachen seiner Mutter wiederzufinden. Als er seinen Kaffee ausgetrunken hatte, bestellte er ein Glas Orchiatta und trank es in kleinen Schlucken leer.

Zwei Schritte entfernt lag die Werkstatt der Brüder Modani. »Lebensechte Masken« verkündete ein großes Schild. Die beiden arbeiteten viel für den Film, ein wenig für Gangster. Paolo kündigte den Brüdern, Zwillingen, die einander wie ein Ei dem anderen ähnelten und ihn gemeinsam empfingen, an, daß sie in Kürze ungefähr hundert Kunden bekämen, sobald nämlich die Einladungen der

Cipriatti bei den glücklichen Auserwählten einträfen. »Der Überbringer einer so guten Nachricht verdient es, seine eigene Maske nicht bezahlen zu müssen!« riefen die beiden *mascafieri* wie aus einem Munde. Der alte Journalist hatte ein Foto mitgebracht, das ihn im Alter von fünfzehn, in Soutane und Chorhemd, inmitten der Chorknaben seines Kollegiums zeigte, sie umringten den obersten Provinzial, der an jenem Tag in die Würde eines Monsignore erhoben worden war und mit Barett, ärmellosem Priestergewand und besticktem, spitzenverbrämtem Chorhemd ausstaffiert war. Paolo sah aus wie ein Engel. Eine Stunde später machte er sich auf den Weg zurück nach Rom. Während der Fahrt klammerte er sich an die Hüften des Pizzaiolo, er schloß die Augen und verlor sich in seine Erinnerungen. Am übernächsten Tag wurde ihm die Maske per Einschreiben zugestellt. Sie paßte sich seinem Gesicht gut an. Als er sich im Spiegel betrachtete, erlitt Paolo Frolani den Schock seines Lebens. Er sah sich noch einmal im Alter von fünfzehn Jahren! Sollte man darüber lachen oder weinen? Das Gesicht war da, die Welt, die es umrahmt hatte, nicht mehr. Als er das mögliche Sterben der Welt reflektierte, schien es ihm gleich, ob er mit diesem Gesicht verschwand oder mit dem anderen. Er beschloß, die Wäscheüberbringerinnen wieder kommen zu lassen, sie jedoch nicht mehr ohne die Maske zu empfangen. Da aber, wie er sich eingestehen mußte, dieses Gesicht eines Cherubims in grellem Kontrast zu einem lahmen Körper mit fleischlosen Händen stand, empfing er seine Besucherinnen von da an in einem langen schwarzen Umhang und mit weißen Handschuhen aus sehr feinem Leder, die wie eine zweite Haut waren, deren Fingerkuppen er allerdings mit einer Schere abgeschnitten hatte, um sich der köstlichen Empfindlichkeit dieser Partien der Epidermis nicht zu berauben. Der Ball wurde ein totaler Erfolg. Es kamen an die tausend Gäste. Das Fernsehen war da. Die Presse hatte den »Ball des Jahrhunderts« angekündigt. Man sah dreizehnjährige Tänzerinnen und Tänzer, die die Achtzig überschritten hatten. Alle hatten Engelsgesichter. Das Fest dauerte bis zum Morgen an. Um fünf Uhr früh mußte Paolo Frolani in einem eilends herbeigerufenen Krankenwagen abtransportiert werden. Man legte ihn auf eine Bahre. Sein Frack wurde aufgeknöpft. Er hatte Schwierigkeiten beim Atmen. Seine Maske drückte er fest an die Brust. Es schien, als wollten die Knochen seiner Hand die wächserne Haut durchstoßen. Ein Reporter stürzte sich mit gezücktem Mikro auf ihn. Ein Gehilfe, die Kamera auf der Schulter, neigte sich über ihn. »Wie fühlen Sie sich, Dottore?« – »Sehr gut.« – »Was ist geschehen?« – »Überhaupt nichts.«

Mrs. Hoolingwer war in Begleitung ihres jungen Ehemanns, Phil Stennay, in Rom angekommen; da ihr aber nicht sonderlich daran gelegen war, daß er schlechte Bekanntschaften machte, mit anderen Worten, daß er allzu schöne Frauen kennenlernte oder auf der Abendgesellschaft in der Villa Barberini allzu leicht bekleideten begegnete, schickte sie ihn für zwei Tage nach London, wo er mit einem ihrer alten Freunde, Steve Kerwin, der dort eine Schauspieleragentur führte, eine Casting-Angelegenheit abwickeln sollte. Phil trug einen an Steve Kerwin gerichteten Brief bei sich, in dem folgende schlichte Worte geschrieben standen: »Halte ihn ein Weilchen fest. Morgen kann er zurückkommen.« Im Flugzeug saß Phil neben einem hochgewachsenen, redseligen und spöttischen Engländer, mit dem er sich sofort ausgezeichnet verstand. Es war Sir Alfred Consgrave, der infolge des Albanerdramas – die italienische Regierung hatte Tausende von Albanern, die dem Kommunismus zu entkommen suchten, mit Schiffen zwangsweise zurück in ihre Heimat gebracht – zu Konsultationen ins Foreign Office beordert war und ebenfalls achtundvierzig Stunden in London verbringen würde. In weniger als zehn Minuten hatte Sir Alfred Phil die Würmer aus der Nase gezogen und verstanden, warum man diesen schon am Morgen des Tages, an dem eine »Orgie« stattfinden sollte – an der, wie er wußte, seine eigene Frau teilnehmen würde – aus Rom entfernte. Er hütete sich, das alles dem jungen Mann, der von entwaffnender Naivität zu sein schien, zu erklären, und schlug ihm vor, den Abend mit ihm zu verbringen, falls er keine anderen Verpflichtungen hätte. Phil nahm den Vorschlag gern an. Ein Wagen vom Ministerium erwartete Sir Alfred am Flughafen. Er setzte Phil vor dem Hotel am Russel Square ab, wo Mrs. Hoolingwer ein Zimmer für ihn reserviert hatte, und begab sich zu seinem Treffen. Der Sekretär im Foreign Office, der ihn zu sich bestellt hatte, fand das Vorgehen Italiens in der albanischen Angelegenheit schockierend, aber Sir Alfred plädierte für mehr Verständnis und dafür, daß seine Regierung die Behörden in Rom unterstützen sollte. Es handelte sich nicht allein um eine Angelegenheit Italiens ... Ganz Europa war betroffen. Konnte es hingenommen werden, daß eine Untermenschheit aus dem Osten einfach so einfiel, ohne daß man reagierte? Im Stadion von Bari, wo man sie festhielt, bis eine Entscheidung über ihr weiteres Schicksal gefallen war, hatten dreißigtausend Männer und Frauen ihre Bedürfnisse auf der Erde verrichtet. Ein fürchterlicher Gestank nach Exkrementen hatte sich über das Dreckloch, über Kalabrien, über den ganzen Süden verbreitet. Es bestand die Gefahr einer Cholera-Epidemie. Zum Mittagessen traf Phil sich mit Steve Kerwin. Am Nachmittag besichtigte er das British Museum. Gegen sieben kehrte er ins Hotel zurück, duschte, zog seinen Spencer über und ging hinunter in die Halle, um dort auf Sir Alfred zu warten, der ihn zum Abendessen abholen wollte. Mehrere Frauenblicke folgten ihm; eine hagere Amerikanerin um die Vierzig, gekleidet in ein leuchtend rotes Cocktailkleid, das ihre langen, knochigen Beine betonte, die so mager waren, daß sie ohne Knie zu sein schienen, beugte sich, als er an der Bar vorbeiging, zu ihm vor und fragte: »Sie hätten nicht zufällig Feuer für meine Zigarette?« – »Gewiß.« Er ließ zwei Finger in die enge Tasche des Spencers gleiten, zog ein goldenes Feuerzeug hervor, hob den Deckel mit der Spitze des Fingernagels und ließ eine kleine blaue Flamme aufblitzen. Die Frau entzündete daran ihre Zigarette, die sie am äußersten Ende zweier langer Finger ihrer linken Hand hielt, weiße feingliedrige Finger, von denen einer mit Ringen bedeckt war. Mit hohlen Wangen inhalierte sie. Ihre dreisten Augen suchten den Blick des jungen Mannes, aber der wandte sich ab und ging weiter. Sir Alfred nahm ihn mit zu einer Freundin, Lady Browles, die ganz in der Nähe, in ihrer Villa in Mayfair, ungefähr dreißig Leute empfing. Man dinierte bei Kerzenlicht an kleinen Tischen. Als er sich zu seiner Tischnachbarin zur Rechten hinüberbeugte, um einige Banalitäten auszutauschen, konnte Phil sich eines eisigen Schauers nicht erwehren: Er hatte soeben drei Tische weiter ein junges Mädchen entdeckt, das haargenau so aussah wie seine ehemalige Freundin Rima Menatti. Die Ähnlichkeit war so groß, daß er für einen kurzen Augenblick dachte, sie sei es, und sich zurückhalten mußte, um nicht seinen Tisch zu verlassen und zu ihr hinüber zu gehen. Aber sie war es nicht, sie war seit langem tot und begraben, er hatte an ihrer Beerdigung teilgenommen! Der Tisch, an dem er dinierte, verschwand und wurde in seinem Geiste ersetzt durch die dichtbevölkerte New Yorker Straße, in der er an einem kalten Maitag – aus dem Lincoln heraus, in dem Barbara Hoolingwer und er zum Begräbnis fuhren – zum letztenmal den kleinen Krämerladen »Alle Bella Cosina« – bis zu dem er Rima so oft nach Hause begleitet hatte – gesehen hatte. »Was ist? Geht es Ihnen nicht gut?« fragte seine Nachbarin. Er schüttelte den Kopf. »Es ist nichts.« Nach dem Abendessen ging man hinüber in den großen Salon, wo ein Orchester spielte. Phil machte sich auf die Suche nach Sir Alfred, damit dieser ihn mit dem jungen Mädchen bekannt machte; er forderte sie sogleich zum Tanz auf. Er sah großartig aus in seinem weißen Spencer. Das junge Mädchen, das sich neben ihm zerbrechlich ausnahm, trug ein weißes Kleid, das tief dekolletiert und an der Brustpartie mit einem Rubinanstecker verziert war. Nach einigen Tänzen ließen sie nicht mehr voneinander. Es wurde ein Slow gespielt, den das Mädchen voller Hingabe tanzte. Sie suchten den kleinen Salon auf und unterhielten sich. Das Mädchen hatte die Hände des jungen Mannes mit den ihren ergriffen. »O Phil«, sagte sie, »ich empfinde Ihnen gegenüber so großes Vertrauen! Ich, die ich gewöhnlich so reserviert bin, könnte Ihnen alles sagen!« Sie hieß Lydia Jackson, war die Tochter eines reichen Großgrundbesitzers und verfügte mit zweiundzwanzig bereits über beachtliche Einkünfte. Sie hatte Agrarwirtschaft studiert und wollte ihr Vermögen nicht verschwenden, sondern in den Dienst der Dritten Welt stellen. Sie verbrachte jedes Jahr mehrere Monate in

Kenia, wo ihr Vater im Hotelwesen investiert hatte und auch sie selbst ihre Zeit und ihr Geld aufbot.
Sie war erst vor kurzem aus Nairobi zurückgekehrt, wollte aber eine Zeitlang in London bleiben, da sie hier zu tun hatte. Es war fast Mitternacht. Plötzlich stand Sir Alfred vor ihnen und fragte Phil, ob er ihn nach Hause bringen solle. »Das ist wirklich nett von Ihnen«, rief das junge Mädchen lachend, »aber ich bin auch mit dem Wagen da, und wenn Sie erlauben, werde ich Mr. Stennay zu seinem Hotel bringen. Die Frauen haben sich inzwischen einige Rechte erworben.« – »Ich bin außerordentlich entzückt«, erwiderte der Diplomat. In der Villa Barberini mußte jetzt die Feier in vollem Gange sein. Zweifellos sahen seine Frau und Mrs. Hoolingwer, die Frau dieses Jungen, gerade den sich paarenden Männern und Frauen zu und, wer weiß, nahmen vielleicht sogar, von der Stimmung getragen, selbst daran teil. »Seien Sie ruhig etwas romantisch!« empfahl er den jungen Leuten und ließ sie allein. Lydia nahm Phil in ihrem Austin mit. Den Rest der Nacht verbrachten sie mit einer Spazierfahrt durch London. Als der Morgen dämmerte, stand der Wagen im Westteil der Stadt in den alten Docks, vor den Backsteinmauern einer ehemaligen Lagerhalle. Lydia lag in Phils Armen, Phil betrachtete mit angespanntem Gesicht den zwielichtigen rosa-grauen Schimmer, der langsam durch den von Stahlträgern, Laufkränen und Betonpfeilern zerrissenen Nebel drang. »Phil, Liebling«, sagte Lydia, »während der beinahe sieben Stunden, die wir jetzt zusammen sind, habe ich dir ununterbrochen von mir erzählt, ich weiß gar nichts von dir. Erzähl mir ein bißchen von dir.« – »Ich bin nichts als ein Drecks-

kerl. Ich habe ein Mädchen, das mich liebte, sitzenlassen, um eine reiche alte Frau zu heiraten.« Es entstand ein Schweigen. Lydia bewegte sich nicht. »Wer war das Mädchen? Was ist aus ihm geworden?« – »Sie hieß Rima Menatti. Ich hatte sie in New York in Francesco Polos Schauspielschule kennengelernt. Du siehst ihr ähnlich, deshalb habe ich dich vorhin zum Tanzen aufgefordert, und zweifellos fühle ich mich deshalb so wohl mit dir. Nachdem wir uns getrennt hatten, verließ sie New York und fuhr in die Karibik, wo sie sich das Leben nahm. »Wie alt war sie?« – »Zwanzig.« – »Aber, mein Lieber«, sagte Lydia, »du bist nicht unbedingt der Alleinschuldige bei diesem Drama ...« – »Doch, das bin ich«, erwiderte Phil, »aber jetzt, da ich dich gefunden habe, möchte ich die Sünde, die ich begangen habe, wiedergutmachen. Ich würde mein Leben für dich geben. Um was immer du mich bitten solltest, ich werde es tun.« Wieder entstand ein Schweigen. Die jungen Leute hielten einander in den Armen. »Mein Liebster«, sagte Lydia schließlich, »hör mir zu und erschrick nicht. Du bietest mir dein Leben, ich nehme es an. Ich habe dir erzählt, daß ich für einige Monate aus Afrika zurück bin, weil ich hier etwas zu erledigen habe. Ich habe beschlossen, daß ich – bevor ich nach Kenia zurückfahre, um mich dort einige Jahre lang um die Leute zu kümmern, die unter dieser sich immer weiter ausbreitenden schrecklichen Krankheit leiden – ein Kind haben möchte. Aber aus Gründen, die auszuführen jetzt zu lange dauern würde ... du würdest bestimmt sagen: was für eine unglaubliche Geschichte! Dabei handelt es sich ausschließlich um Vorfälle, die sich tatsächlich ereignet haben ... Dinge mit meinem Vater ... Aber jetzt genug davon ... ich habe also beschlossen, ein Kind zu bekommen, ohne zu heiraten ... ja, ohne auch nur im geringsten mit einem Mann zusammenzukommen. Ich will Jungfrau bleiben. Hörst du mir zu?« – »Ich höre dir zu, aber ich frage mich, ob das, was du mir da erzählst, möglich ist.« – »Es ist nicht nur möglich, sondern bereits vor einem Monat in London auch geschehen. Eine Frau, die nichts mit Männern zu tun haben wollte, hat sich mit dem Sperma eines Unbekannten befruchten lassen und ist so Mutter geworden, ohne ihre Jungfräulichkeit zu verlieren. Hast du es nicht in der Zeitung gelesen?« – »Ich lese nur Filmzeitschriften.« – »Wie findest du die Idee, Liebster? Du bietest mir dein Leben, ich nehme es. Das Kind, das ich haben will, soll von dir stammen. Okay?« – »Okay.« Inzwischen war es Tag geworden. Sie schliefen ein. Gegen zehn Uhr rüttelte ein LKW-Fahrer, der seinen Anhänger in der Einfahrt, in der sie parkten, abstellen wollte, am Auto. Sie fuhren weg. Lydia brachte Phil zum Hotel »Russel«. Ehe sie auseinandergingen, kritzelte sie ein paar Worte auf ein Blatt Papier aus ihrem Notizheft. »Dies ist eine Art Klinik, wo du dich bitte vorstellst und sagst, daß du von mir kommst. Frag nach Doktor Forbes, er weiß Bescheid.« – »Werde ich dich je wiedersehen?« fragte Phil. »Ich glaube nicht.« Von den Treppenstufen vor dem Hotel aus sah er dem kleinen grünen Austin nach, der sich im Verkehrsgewühl verlor.

Am nächsten Morgen begab Phil sich zu der angegebenen Adresse und spendete sein Sperma. Am Nachmittag nahm er die Untergrundbahn nach Heathrow. Als er in die

Departure-Halle kam, blieb er wie angewurzelt vor dem riesigen bläulichen Bildschirm stehen, auf dem die Abflüge zu unzähligen Bestimmungsorten angekündigt wurden. Er hatte zwar sein Rückflugticket nach Rom in der Tasche, aber es lockten ihn so viele andere Städte!

DER PROZESS UM DESCHAMPS wurde eröffnet. Harriet kam nach Paris. Fast hätte ich sie nicht wiedererkannt. Sie war schmal geworden und ging vornübergebeugt. Ihr Gesicht war abgezehrt, die Haut um die Augen herum dunkel. Die Augen selbst waren zusammengekniffen und verhärtet, wie dies bei allen, die sich in Afrika niedergelassen haben, der Fall ist. Um den Hals trug sie keine Ketten. Die Hände waren ohne Ringe. »Ruby ist verschwunden. Ich bin völlig ratlos.« – »Seit wann ist er verschwunden?« – »Seit zehn Wochen.« Vergebens hatte sie mit Aishleys Hilfe Tag und Nacht den Norden des Landes durchkämmt. »Es ist zweifellos Flucht ... Du selbst hast oft gesagt, er müsse sich erst in Afrika zurechtfinden; er hat dich beim Wort genommen und sich zurückgezogen, wenn ihm die Savanne über ist, wird er schon wieder auftauchen ...« – »Das habe ich in den ersten Tagen auch gedacht, aber jetzt ...« Sie wußte nicht, was tun. Sollte sie in Kenia bleiben, in der wenn auch äußerst geringen Hoffnung, Ruby möge eines Tages wiederkommen, oder aber den Bungalow an die Aishleys verkaufen – und damit, gelinde gesagt, die Hälfte ihrer Dollars verlieren – und versuchen, sich wieder in den USA einzugewöhnen? »Ich gehöre nirgends mehr hin«, sagte sie, »ich bin ohne Mann, kann keinesfalls wieder das anfangen, was ich vorher gemacht habe; ich werde altern, ich bin schon gestorben.« In dem Restaurant, in das ich sie zum Mittagessen eingeladen hatte, konnte sie ihre Tränen nicht zurückhalten. Das tat mir leid, denn ich kannte sie seit über fünfzehn Jahren und hatte sie noch nie weinen gesehen. Um sie abzulenken, schlug ich ihr vor, mich zum Prozeß um Deschamps zu begleiten, den ich auf Verlangen Veerbeekes für *24 Heures* verfolgen sollte. »Deschamps ...?« – »Erinnerst du dich? Dieser Priester, der eine Nonne entführt hat und über den ich in Clermont Nachforschungen angestellt habe.« – »Ach ja, an dem Nachmittag, als es so stark regnete!« – »Sie hat sich das Leben genommen.« – »Wie schrecklich! Wenn Ruby ...«

Wir kamen recht zeitig im Justizpalast an; ich verschaffte Harriet mit meinem Presseausweis Zutritt, durfte mich aber mit ihr nicht zu den Journalisten setzen, also nahmen wir in der ersten Publikumsreihe Platz. Der Saal war gedrängt voll. Deschamps saß mit gesenktem Haupt auf der Anklagebank. Er war schlecht rasiert. Seine Haut unter dem struppigen Bart war fahl, fast gelb. Eine Strähne seines tiefschwarzen Haars fiel ihm in die Stirn. Er erhob sich zum Verhör, der Vorsitzende nannte sein Alter, über vierzig, ein Raunen ging durch den Saal, denn obwohl er erschöpft und verstört aussah, wirkte er nicht älter als fünfundzwanzig. »Sieh nur, wer da ist«, flüsterte Harriet mir zu und versetzte mir einen Stoß mit dem Ellbogen. »Wo?« – »Dahinten … rechts …« Sie bedeutete mir, ich solle mich umdrehen, und lenkte meinen Blick auf eine große blonde Frau in einem grünen Kostüm, die von vier oder fünf ebenfalls großen blonden Männern mit roten Gesichtern umgeben war. »Wer ist das?« – »Lady Sybilla, die Frau des englischen Botschafters in Rom.« – »Bist du sicher?« – »Völlig sicher. Sie ist gut bekannt mit Mr. Aish-ley, der ihr Rudertrainer war; vor drei Monaten kam sie für ein paar Tage hinunter ins Camp, ich kann dir sagen, sie ist ganz schön sportlich: Sie hat einen Ringkampf mit Ruby ausgetragen; beim Hinausgehen werde ich versuchen, sie zu begrüßen.« – »Weiß sie, daß Ruby verschwunden ist?« – »Ich nehme es an, Mr. Aishley wird es ihr wohl gesagt haben, sie schreiben sich von Zeit zu Zeit.« – »Ist ihr Mann bei ihr?« – »Ich weiß nicht, ich habe ihn nie gesehen … Warum sollte er nicht dasein? Jedenfalls sitzt sie mit anderen Engländern zusammen.« – »Ich frage mich, was die hier machen.« – »Ich glaube, es sind Leute, die Spaß daran haben, viel zu reisen … Ich bin sicher, es war ihnen Anlaß genug, in der Zeitung zu lesen, daß in Paris eine Affäre für etwas außergewöhnlich erachtet wurde, um das nächste Flugzeug hierher zu nehmen …« Während wir uns unterhielten, ging das Verhör weiter. Deschamps antwortete recht einsilbig. Sein Schicksal schien ihn nicht zu interessieren. Die Zeugenaussagen waren eher kurz. Die Oberin des Konvents, die Hotelwirte, der Eigentümer der Brasserie, der Wäschereiinhaber sowie Horlaville hatten wenig zur Aufklärung der Geschworenen beizutragen. Dann ergriff der Staatsanwalt das Wort. Er verkündete, daß er nach eingehendem Aktenstudium und nach den soeben gehörten Zeugenausagen auf eine Anklage wegen Freiheitsberaubung verzichte, da die Fakten eindeutig bewiesen, daß Héloïse Deschamps freiwillig gefolgt sei, um mit ihm zusammenzuleben. Aber genau an dem Punkt beginne der eigentliche Tatbestand! Deschamps habe Héloïse beherrscht, habe sie nach seinem Willen gelenkt, in eine Sackgasse geführt. Man stehe vor einem echten Fall von Besessenheit, einem »ferngesteuerten Mord«. So lautete die Bezeichnung. Ein Raunen ging durch die Zuhörerreihen. »Dieser Mann ist ein Ungeheuer!« fuhr der Staatsanwalt fort. »Trauen Sie seinem engelsgleichen Äußeren nicht. Wer weiß, ob er nicht schon ähnliche Verbrechen auf dem Gewissen hat? Und was wird morgen geschehen, wenn wir ihn heute freilassen? Ich kann es in seinen Augen lesen: Er würde es wieder tun. Die einzige Therapie für Wesen seines Schlages, denen das Böse innezuwohnen scheint, ist die Leukotomie. Unsere Gesetze lassen das noch nicht zu. Eine Frage der Zeit! Bis dahin muß die Gesellschaft sich mit den Waffen verteidigen, die ihr zur Verfügung stehen.« Ich beobachtete Deschamps, der genau in dem Augenblick den Staatsanwalt ansah, ohne Furcht oder Überraschung. »Die Dinge würden in einem anderen Licht erscheinen«, fügte der Redner hinzu, getragen von seinem Elan, »wenn Deschamps ein Motiv gehabt hätte, sich über seine Begleiterin zu beklagen, oder wenn es in deren Leben unbekannte Vorkommnisse gegeben hätte, die sie spontan zum Selbstmord verleiteten. Aber darauf haben wir nicht den geringsten Hinweis gefunden, weder im Laufe der Untersuchung noch in den

Zeugenaussagen, die wir soeben hier vernommen haben.« Deschamps sah ihm mit erloschenen Augen beim Reden zu, lauschte ihm, als verstünde er kein Wort. Plötzlich entstand hinten im Saal Bewegung. Ich wandte mich um und stellte fest, daß einer der Engländer in der letzten Reihe um Gehör bat. Er war aufgestanden, schwenkte den Arm. Die Leute standen ebenfalls auf, um besser sehen zu können. Nach einem Augenblick der Unschlüssigkeit stellte der Vorsitzende wieder Ruhe her und schickte dem Engländer, der bereits auf dem Weg quer durch den Saal war, eilig einen Aufsichtsbeamten entgegen, der ein paar Worte mit ihm wechselte. Der Engländer hatte ein Blatt Papier aus der Tasche gezogen, das er dem Richter zeigte. Die Verhandlung wurde wieder aufgenommen. Der Vorsitzende erklärte, daß er im letzten Moment einem Zeugen das Wort erteilen wolle, der schwerwiegende Fakten zu offenbaren habe. Der Zeuge stieg in den Zeugenstand, nannte seinen Namen, legte einen Eid ab. Er war ein breitschultriger Mann um die Dreißig, der gut französisch sprach. Als Wohnsitz gab er Rom an. Er kam regelmäßig geschäftlich nach Paris und speiste ein-, zweimal pro Monat im Restaurant »Le Terminus« gegenüber der Gare du Nord. Als er im vergangenen Jahr einmal aus dem Restaurant gekommen war, hatte ihn eine Prosituierte angesprochen und ihm vorgeschlagen, ihr in eines der benachbarten Hotels zu folgen. Er hatte abgelehnt, der Frau aber aus Mitleid in der Bahnhofsbrasserie einen Kaffee spendiert. Sie hatten miteinander geredet, die Frau war erneut zudringlich geworden und hatte ihm, um ihn aufzureizen, ein Foto von sich gezeigt, auf dem sie nackt und in provozierender Pose zu sehen war. Er hatte sich weiterhin geweigert, ihr aber, da er sah, daß sie dringend Geld brauchte, einen Hundertfrancsschein gegeben, woraufhin sie ihm das Foto überlassen hatte. Dann hatten sie sich getrennt, und die Frau hatte zweifellos weiter ihre Runden in dem Stadtviertel gedreht ... Er hatte das Foto als Andenken behalten. Natürlich hatte er jene Frau nie wieder gesehen, aber wie hätte er sie je vergessen können ...? Als er anläßlich des Prozesses, der so viel Staub aufwirbelte, daß sogar in der römischen Presse darüber berichtet wurde, ihr Gesicht in der Zeitung sah, hatte er sich vorgenommen, um jeden Preis an der Gerichtsverhandlung teilzunehmen, und war zusammen mit Freunden am selben Morgen im Flugzeug aus Rom eingetroffen.

»Warum haben Sie nicht schon früher eine Zeugenaussage gemacht?« fragte der Vorsitzende. »Ich muß gestehen, daß mir dies überhaupt nicht in den Sinn gekommen ist ... Die Frau hatte sich ganz offen als Prostituierte an mich gewandt, also habe ich angenommen, sie würde auch von der Polizei für eine solche gehalten. Erst als ich sah, welch anderen Verlauf die Dinge hier im Gerichtssaal nahmen, daß die Frau als reine Unschuld und ihr Gefährte als wahres Ungeheuer dargestellt wurden, fühlte ich mich moralisch verpflichtet zu sprechen.« – »Wer beweist, daß das, was Sie da behaupten, der Wahrheit entspricht?« rief der Staatsanwalt aus. »Sie könnten doch ein Freund des Angeklagten sein!« – »Ich sehe ihn heute zum erstenmal. Wenn ich auch nicht beweisen kann, daß meine Aussage wahr ist, so bringe ich doch immerhin ein unwiderlegliches Indiz: das Foto.« – »Ich fordere Sie auf, besagtes Foto dem

Gerichtshof zu überlassen«, sagte der Vorsitzende. »Ich hätte es gern behalten.« – »Man wird es Ihnen zurückgeben.« Der Engländer reichte das Foto dem Vorsitzenden. Es ging von Hand zu Hand, vom Richter zu den Geschworenen, von den Anwälten zu den Presseleuten. Die Zuhörerschaft wurde unruhig. Das Foto, eine Polaroidaufnahme, würde am nächsten Tag von mehreren Zeitungen veröffentlicht werden. Es zeigte Héloïse, die bäuchlings, aufgeschürzt bis zu den Hüften, an allen vieren auf ein Messingbett gebunden war, Körper und Beine von Peitschenstriemen überzogen. Das Polaroid ging von der Pressebank zurück an den Vorsitzenden. Er legte es vor sich hin, schickte den Zeugen an seinen Platz zurück und richtete das Wort an Deschamps. »Wußten Sie, daß Ihre Gefährtin sich prostituierte?« – »Nein.« – »Überrascht es Sie?« – »Ich weiß nicht.« – »Hat sie Ihnen jemals auf diese Weise verdientes Geld gegeben?« – »Niemals.« – »Was, meinen Sie, hat sie damit gemacht?« – »Das weiß ich nicht ... weggeworfen, verbrannt, den Armen gegeben.« Er zögerte einen Augenblick, sprach dann weiter. »Ja, ich kann mir gut vorstellen, daß sie den Ertrag aus ihrer Prostitution den Armen zukommen ließ ... Der Körper war ihr nicht wichtig ... Wenn sie geglaubt hat, damit etwas Geld machen zu können ...« – »Könnten Sie sich denn dieser Hypothese zufolge vorstellen, daß sie sich getötet hat, um sich zu bestrafen?« – »Es fällt mir schwer, darauf zu antworten ... Sie suchte das Absolute ... welcher Seite sie sich auch zuwandte ... angefangen bei mir ... Wer kann darüber urteilen?« Er barg sein Gesicht in den Händen. Es war alles gesagt. Sein Anwalt verzichtete auf das Plädoyer. Die

Geschworenen beratschlagten zehn Minuten. Deschamps war entlastet. Die Zuhörer erhoben sich. Es gab Applaus und Tumult. Das Gericht zog sich zurück. Die Journalisten umringten Deschamps. Blitzlichter zuckten auf. Man bedrängte ihn mit Fragen. Er weigerte sich zu sprechen. Er schien verstockt, eingemauert in sich selbst. Nachdem man ihn von allen Seiten fotografiert hatte, ließ man von ihm ab. Der Gerichtssaal hatte sich geleert. Er taumelte aus dem Gerichtssaal wie ein Schlafwandler. Harriet nahm meinen Arm. Wir folgten ihm. Er wandte sich dem Ausgang zu. Als er den Vorraum durchquerte, legte ihm ein Mann, der hinter einer Säule gestanden hatte, die Hand auf die Schulter. Überrascht blieb er stehen. Es war der Engländer, der ihm eben das Leben gerettet hatte. Deschamps brauchte einen Augenblick, ehe er ihn wiedererkannte ... dann umarmten die beiden Männer einander. Wortlos zog der Engländer Deschamps zu der kleinen Gruppe seiner Freunde – eine Frau, zwei Männer –, mit denen er der Verhandlung beigewohnt hatte. Man schüttelte einander die Hände. »Laß uns zu ihnen gehen«, sagte Harriet zu mir. »Dies ist der richtige Moment. Ich muß mit Sybilla sprechen.« Wir traten näher, Harriet und Lady Consgrave umarmten einander und machten alle miteinander bekannt. Der größte der drei Männer war der Botschafter. »Wir sollten nicht länger hierbleiben«, sagte er rasch, »bis jetzt ist alles gut verlaufen, aber ich traue den Paparazzi nicht ... Treffen wir uns lieber in zwanzig Minuten im »Plaza«. Sibylla, nimmst du deine Freundin mit?« – »Gern.« Harriet ging mit den Engländern voraus, und ich nahm Deschamps mit zu meinem Auto.

Die Engländer stießen in einem der Salons im »Plaza« mit Champagner an, um den guten Streich, den sie der Justiz gespielt hatten, zu feiern. Sie hatten ungefähr zehn Freunde eingeladen, die mit nach Paris gekommen waren, um sich zu amüsieren, aber nicht in den Gerichtssaal hatten gehen wollen. Deschamps wurde wie ein Held empfangen. Vergeblich hielt ich nach Harriet Ausschau. Ich fragte Lady Consgrave, die mit strahlend nackten, schönen Schultern weltgewandt von einem Grüppchen zum anderen ging, ob sie sie nicht gesehen habe. »Wo habe ich nur meinen Kopf?« erwiderte sie. »Ich sollte Ihnen etwas ausrichten, sowie Sie kämen. Harriet war müde, sie bat mich, Ihnen zu sagen, daß sie nach Hause gegangen sei.« Ich verabschiedete mich von ihr und wollte auch Deschamps auf Wiedersehen sagen, aber der entschloß sich, erschöpft von den Aufregungen des Tages, ebenfalls zu gehen.
»Ich bedauere es aufrichtig, daß Sie uns verlassen«, sagte Lady Consgrave zu mir, »denn wir hatten vor, den Abend in einem kleinen Hotel am Trocadéro zu beschließen und uns dort zu verlustieren; gesellen Sie sich doch bitte mit Harriet zu uns, sobald sie sich wieder in Form fühlt.« – »Gewiß, Madame.« – »›Résidence des Fleurs‹, Rue Saint-Didier. Sie werden es leicht finden. Wenn es frei ist, nehmen wir immer dasselbe Zimmer ... Das Zimmer mit den blauen Hortensien. Werden Sie sich daran erinnern?« – »Natürlich.« Ich nahm Deschamps beim Arm und ging mit ihm zur Tür. Dort fiel mir plötzlich etwas ein. Ich kehrte rasch noch einmal zu unserer Gastgeberin zurück und zog ein kleines, besticktes Taschentuch aus meiner Tasche. »Madame ... gehört dieses Taschentuch nicht Ihnen?« Sie

nahm es und betrachtete es ... »Aber ja! Es gehört mir. Hier sind meine Initialen. Wo haben Sie es gefunden?« – »Im Justizpalast vorhin. Es muß Ihnen aus der Tasche gefallen sein.« Ihre Finger schlossen sich darum. Sie lächelte mir aus den Mundwinkeln zu. »Danke. Bis bald, hoffe ich.« Ich fuhr Deschamps zur École Militaire, wo er die Metro nahm. Zurück an der Kreuzung beim Odéon, traf ich Harriet, die gerade ihre Reisetasche zuschnallte. »Was ist los mit dir?« – »Ah, du bist es! Ich wollte gerade ein Taxi rufen. Bring mich nach Orly, ich nehme in zwei Stunden einen Flug mit UTA ... Ich habe telefonisch reserviert ...« – »Soll das ein Witz sein?« – »Hör zu, Pierre. Ich habe soeben eine unumstößliche Entscheidung getroffen. Diese letzten Tage waren zuviel für mich. Ich muß wirklich verrückt gewesen sein zu glauben, ich könnte mein Leben in der westlichen Welt wieder aufnehmen ... egal ob in den USA oder hier in Frankreich ... Amerika, Europa ... es ist dasselbe. Es gibt keine Liebe mehr. Man verreckt einfach. Man verreckt auf Sparflamme.« Was gab es darauf zu antworten? Sie lachte kurz auf. Dann: »Ich fahre. Ich kehre nach Afrika zurück. Ich werde wieder anfangen, hundert Kerle pro Nacht aufzugabeln ... von Zeit zu Zeit ... Es müßte mit dem Teufel zugehen, wenn ich Ruby nicht wiederfinden sollte ... Und wenn ich ihn nicht wiederfinde, werde ich wohl am Ende, eines Tages, an der tödlichen Seuche erkranken ... dort unten ... damit alles endet ... ein für allemal ...«

ICH HATTE REICHLICH ZEIT. In drei Tagen legte ich die Strecke von Malmö nach Stockholm zurück. Am letzten Abend machte ich Station in einer Kleinstadt voller schwarzer Holzhäuser, hundert Kilometer von der Hauptstadt entfernt. Nach dem Abendessen, das um fünf Uhr nachmittags serviert wurde, rief ich Eva an, um ihr mitzuteilen, daß ich am nächsten Tag gegen Mittag ankäme. »Wie ich mich freue! Die Straße, in der ich jetzt wohne, ist wegen der Brücken und Einbahnstraßen nicht leicht zu finden. Vielleicht sollten wir uns im Wartesaal des Hauptbahnhofs treffen. Das wäre bestimmt einfacher für dich.« – »Einverstanden.« Am späten Vormittag kam ich in Stockholm an, stellte meinen Wagen auf dem erstbesten Parkplatz ab, nahm ein Taxi und ließ mich zum Bahnhof fahren. Es war ein kalter, sonniger Sommertag. Die Stadt lag im hellen Glanz einer weißen bleichen Sonne, die hoch am Himmel stand. Der Wartesaal war ziemlich leer. Nur vier oder fünf Personen saßen auf den grellgrünen Plastikstühlen. Eine davon war Eva. Ich erkannte sie sogleich wieder. Sie trug ein langes, naturweißes Baumwollkleid, vielleicht dasselbe, das sie an jenem Tag getragen hatte, als ich bei Calluig ihre Bekanntschaft machte. Sie hielt sich sehr aufrecht, mit erhobenem Kinn, die Hände auf den Knien gefaltet, einen weißen Stock zwischen den Fingern. Sie war blind. Sie wirkte aufmerksam und angespannt. Ich trat näher. Sie streckte mir ihre Hand entgegen. »Pierre, ich habe dich am Schritt erkannt.«

Ein Taxi brachte uns zu ihrer Wohnung. Sie bewohnte ein kleines Apartment im Westen der Stadt, in einem renovierten Wohnblock, den die Stadtverwaltung Behinderten zur Verfügung gestellt hatte. Ihre Geschichte war alltäglich. Nach ihrer Rückkehr aus Frankreich hatte sie geheiratet und sich ziemlich schnell wieder scheiden lassen, und da sie sich nicht imstande gefühlt hatte, ihre Tochter, die gleich im ersten Jahr ihrer Ehe geboren wurde, allein aufzuziehen, hatte sie diese ihrem Mann überlassen. Vater und Tochter hatten Schweden kurz darauf verlassen und waren nach Australien gezogen. Sie hatte zurückgezogen gelebt, ihren Lebensunterhalt als Dokumentarin in einer der zahlreichen Stadtbüchereien verdient. Eine Zeitlang war es ihre Aufgabe gewesen, ausländische Bücher anzuschaffen, und auf diese Weise hatte sie alle zwei, drei Jahre diesen oder jenen meiner Romane erworben. Mehrfach hatte sie sogar Fotos von mir aus literarischen Zeitschriften, die die Bücherei bezog, ausgeschnitten und auf diese Weise feststellen können, wie ich mich veränderte. Dann hatte sie eines Morgens beim Erwachen festgestellt, daß sie schlecht sah. Sie hatte, während sie schlief, einen Gehirnanfall erlitten, der sie nachhaltig schwächte. Sie erhielt eine vorzügliche Behandlung. Innerhalb weniger Monate hatte sie sich so weit erholt, daß sie ihre Sprache wiederfand, die sie zunächst verloren hatte, nicht aber ihr Augenlicht, das nach und nach erlosch. Ich konnte meinen Blick einfach nicht von ihren Augen wenden, während sie mir davon erzählte ... von diesen Augen, die mich einmal fast um den Verstand gebracht hatten. Sie waren blaßgrau mit einem feinen weißen Schleier über der Pupille, die äußere Umrandung der Iris leicht ins Blau übergehend. Auf der Kornea des rechten Auges, neben der Iris, war ein kleines Klümpchen in der Größe von zwei Stecknadelknöpfen zu erkennen. Sie sprach mit sanfter, monotoner Stimme. Zeitweilig flatterten ihre Augenlider wie die Flügel eines Vogels, der vergeblich versucht, davonzufliegen. Seit zwei Jahren sah sie auf diesem Auge überhaupt nichts mehr. Die Krankheit war unheilbar. Jeden Morgen und am späten Nachmittag kam eine von der Stadt bezahlte Sozialpflegerin, um ihren Haushalt zu besorgen, sie bei den Einkäufen zu begleiten und ihr das Essen zu kochen. Vor einem Monat hatte sie sich von dieser Pflegerin einen Reisekoffer aus dem Keller holen lassen, in dem Kleidungsstücke verstaut waren, die sie nicht mehr trug und nun verschenken wollte; sie hatte die junge Frau gebeten, ihr ein Stück nach dem anderen zu beschreiben, und war dabei auf das Kleid gestoßen, das sie in der ersten Zeit ihres Pariser Aufenthalts oft getragen hatte. Sie hatte es berührt, an die Nase gehalten, hatte ihr Gesicht darin versenkt und beschlossen, es wieder zu tragen. Sie hatte es angezogen und festgestellt, daß es ihr noch perfekt paßte, sie hatte seit ihrer Rückkehr nach Schweden keine zehn Gramm zugenommen; da war sie von Erinnerungen überwältigt worden ... So kam es, daß sie eines Tages beschlossen hatte, mir zu schreiben. »Aber warum hast du mir in deinem Brief

eine solche Geschichte serviert ...? Warum nicht einfach die Wahrheit erzählt ...?« – »Weil du sonst nicht gekommen wärst.«
Darauf gab es nichts zu erwidern ... Zu Mittag aßen wir kleine Sandwiches und tranken Tee, der Nachmittag zog sich in die Länge. Die Haushaltshilfe war, nachdem sie den Tisch abgeräumt hatte, gegangen. Eva nahm mich bei der Hand, zog mich in ihr Schlafzimmer, das direkt von dem kleinen Wohnzimmer abging, und forderte mich auf, mich neben sie auf das Bett zu legen. Das tat ich. Das Bett war sehr schmal. Mechanisch zog ich sie an mich. Sie flüsterte mir ein paar Worte ins Ohr: Zehn Jahre war es her, seit sie zuletzt geliebt worden war. Ich ließ meine Hand unter ihr Kleid gleiten, fühlte mich aber von ihren toten Augen irritiert. Sie nahm mein Gesicht in ihre Hände und stieß mir ihre große Zunge in den Mund. Verzweifelt versuchte ich, mir den Tag, an dem ich sie nach sechs Wochen des Wartens die Konditorei am Trocadéro betreten und auf mich zukommen sah, ins Gedächtnis zu rufen. Ihre Zunge war kalt und träge und bewegte sich eine Zeitlang vergebens in meinem Mund. Obwohl ich mir die größte Mühe gab, weigerte sich meine Zunge, mit der ihren zusammenzutreffen, sie hielt sich zusammengerollt wie ein verängstigtes Tierchen im Hintergrund. Sie wollte einfach nicht hervorkommen. Eva zog ihre Zunge zurück und stieß einen wütenden Seufzer aus. Ich zog meine Hand zurück, die gerade eben ihre Knie gestreift hatte. Ich zählte die Sekunden. Wir verharrten siebenundzwanzig Sekunden, die mir wie siebenundzwanzig Jahrhunderte vorkamen. Noch am selben Abend machte ich mich wieder auf den Weg nach Paris.

Ich war traurig. Ohne anzuhalten legte ich in dieser Nacht die Strecke von Stockholm nach Malmö zurück. Ich kam gerade rechtzeitig, um die erste Fähre nach Flensburg nehmen zu können. Während der Überfahrt blieb ich in meinem mit Stoppern gesicherten Wagen inmitten stinkender Auspuffdämpfe sitzen und zwang mich zu schlafen. In Flensburg angekommen, beschloß ich, einige Tage bei Warum in Hannover zu bleiben. Ehrlich gesagt, hatte ich dies von Anfang an vorgehabt. Wenn ich auch weit davon entfernt gewesen war, mir das Desaster meines Aufenthalts in Stockholm vorstellen zu können, war es mir doch unweigerlich in den Sinn gekommen, daß das Wiedersehen mit Eva nach zwanzig Jahren unter Umständen schwierig ausfallen könnte und daß ich, sollte dies der Fall sein, auf der Rückfahrt nach Paris die Zeit, die ich mit Eva hatte verbringen wollen, immer noch mit Warum verbringen konnte. Von Flensburg aus nahm ich die Autobahn in Richtung Kiel und rief von der ersten Tankstelle aus bei Warum an, um ihr meinen Besuch anzukündigen. Während ich die Nummer wählte, kamen mir die Tage, die ich mit ihr in Hannover verlebt hatte, mit ungeheurer Wucht wieder ins Bewußtsein, und ich sah – während ich zerstreut den langsamen Bewegungen der Autos folgte, die sich träge über die Parkstreifen wälzten – im Geiste den von schwarzen Tannen umstandenen, großen, silbrig glänzenden See vor mir, in den Warum kraftvoll hinausschwamm. Das Läuten des Telefons dröhnte in meinem Ohr, es wurde abgenommen, eine Frauenstimme erklang in der Leitung. »Ist Fräulein Karin Wartz zu sprechen?« – »Nein, sie ist nicht mehr da.« – »Kommt sie bald zurück?«

– »Nein, sie kommt nicht mehr zurück, sie ist in Berlin. Ich wohne jetzt hier.« – »Sie meinen, sie ist verreist?« – »Nein, mein Herr. Sie ist nach Berlin gezogen. Sie hat alle ihre Bücher mitgenommen.« – »Hat sie ihre neue Adresse nicht hinterlassen ...?« – »Weder ihre Adresse noch eine Nachricht. Tut mir leid.«

Was tun? Ich fuhr nach Hause. Ich schlief zwei Tage lang. Am dritten Tag setzte ich mich an meine Schreibmaschine. Ich konnte keinen klaren Gedanken fassen. Es war mir klar, daß ich Warum niemals finden würde. Sie hatte gesagt, sie würde nach Berlin gehen. Doch was ist »Berlin«? Ein auf eine Landkarte gekritzeltes Wort. Ebensogut hätte sie nach Rom, Boston, Sidney, Kenia oder auf den Friedhof ziehen können. Ich würde sie nicht wiedersehen – weder sie noch Harriet, Eva, Lucienne oder irgendeine andere; sie waren verschwunden in dieser zerfallenden Welt. Ich war allein. Es blieb mir nur noch das Schreiben. Ich mußte schreiben, um dieser Hölle zu entkommen. Schreiben. Schreiben. Schreiben. Einen Roman schreiben. Meine ganze Jugend, meine Begierde, meine Kraft hineinlegen. Das Wesen des Romans ist das Überleben.

Åsa Nilsonne
Dünner als Blut
Galgenberg-Krimi
ISBN 3-89136-517-9

Mord im Krankenhaus? Monika, einfache Polizistin in Stockholm, bekommt die Chance ihres Lebens. Sie wird aushilfsweise zur Kriminalpolizei versetzt, weil diese durch die Grippewelle personell geschwächt ist. Mord im Krankenhaus ist ihr erster Ermittlungsauftrag. Ein spannender Kriminalroman, der sich mit der Institution beschäftigt, in der der Tod zu Hause ist – dem Krankenhaus.

Elke Vesper
KIKI
Roman
ISBN 3-89136-515-2

»Ein üppiges Buch, an dem man sich nicht sattlesen kann«, nannte die »Süddeutsche Zeitung« Elke Vespers Roman über die französische Malerin Suzanne Valadon. Elke Vesper nimmt sich in ihrem neuesten Roman einer ungewöhnlichen, temperamentvollen, freizügigen und sinnlichen Frau an. »KIKI« – die Königin von Montparnasse. Eine moderne Frau, unabhängig und weiblich.

Edition Galgenberg
Rasch und Röhring Verlag